www.tredition.de

AF177306

Susann Voelske

Schurl – der Trottel

Wiener Geschichten

www.tredition.de

© 2013 Susann Voelske

Umschlaggestaltung: Corinna Podlech, Hamburg
Lektorat: Corinna Podlech, Hamburg
© Bildrechte: Susann Voelske (Privatarchiv)

Verlag: tredition GmbH, Hamburg
ISBN: 978-3-8495-7132-0
Printed in Germany

Bibliografische Information der Deutschen Nationalbibliothek:
Die Deutsche Nationalbibliothek verzeichnet diese Publikation in der Deutschen Nationalbibliografie; detaillierte bibliografische Daten sind im Internet über http://dnb.d-nb.de abrufbar.

Die weißen Schuhe

Von einer weiten Hochfläche, die Raum gibt für riesige Felder, auf denen das Korn wogt, der Himmel ist weit darüber, fährt man in ein enges Tal, eine Burg steht am Eingang, daneben die Kirche. Ein schmales Sträßlein schlängelt sich in den Ort, der Mittelpunkt ist der Marktplatz mit den Geschäften und – vor allem – Lokalen, von denen aus dickem, weißen Geschirr einfaches, gutes Essen an die Gäste serviert wird.

Der Hauptplatz liegt in der Talsohle, wieder hinauf schlängelt sich die von Häusern gesäumte Straße.

Annas Baracke, in der sie ihre Kindheit und frühe Jugend verbrachte, lag auf der gegenüberliegenden Höhe, man sah über den Ort bis zur Kirche und zur Burg, über das Tal hinweg, in dem die Thaya, umgeben von schroffen Hängen, goldgrün auf ihrem Weg in die Tschechoslowakei fließt.

Neben den letzten Häusern Kornfelder und kleine Waldstücke, daneben ein großes Gut, in dem ihre Mutter arbeitete. Anna war mit der Tochter befreundet, ihr höchstes Glück bestand darin, ihr zuzuhören, wenn sie Klavierstunde hatte. Sie genoss die Musik, saß auf dem Boden und fühlte die Klänge des Flügels.

Das Schicksal hatte es ihr bestimmt, in eine Familie hineingeboren zu werden, die mit ihrer Sensibilität nichts anzufangen wusste und so ersann sie früh ihre eigene Welt.

Für Anna bestand die Welt, als sie 14 Jahre alt war, aus einem Wunsch – ein Paar weiße Schuhe, Sandalen mit Riemchen. Sie hatte sie in der Auslage des Schuhgeschäftes gesehen und sann nun darauf, wie sie zu diesen kommen könnte. Geld war durchaus nicht vorhanden und so bewarb sie sich beim „Chorherr", dies war eine Metzgerei mit angeschlossener Gastwirtschaft. Und da sie noch zu jung für den Service war, blieb sie in der Spülküche und spülte am Sonntagnachmittag die schweren Töpfe, die vielen Teller und Gläser.

Es war eine zu schwere Arbeit für ein zartes Mädchen wie sie, aber ihr Wunsch trieb sie zum Durchhalten und ihre Wirte waren zufrieden mit ihrer Arbeit, zudem durfte sie reichlich Essen mit nach Hause nehmen, sodass von dieser Seite auch kein Widerstand zu erwarten war.

Im Sommer kamen die ersten Feriengäste aus Wien in diese idyllische Landschaft. Am Wochenende war das Haus gut belegt, man hatte begonnen Ferienzimmer anzubieten, einfach zwar, aber dennoch begehrt und die Städter genossen das gute Essen, die Stille und das raue Klima dieser waldreichen Landschaft.

Hinter der Küche befand sich eine kleine Terrasse, auf der die Gäste manchmal saßen, dahinter die Metzgerei. Das Personal hatte Schwierigkeiten, die Ratten zu verscheuchen, die dort ihre Spielplätze hatten. Eine Dame aus Wien fragte Anna, was für niedliche Tierchen das denn seien, Kätzchen oder sonst etwas, was sie nicht kannte. Und Anna versteckte den Besen, mit denen sie nach den Ratten geschlagen hatte, hinter ihrem Rücken und war zu schüchtern und überrascht, um antworten zu können.

Nachmittags gegen vier Uhr hatte sie Feierabend, nahm ihr Geld und ihren Korb mit den Mitbringseln für ihre gefräßige Familie und ging die lange Steige hoch nach Hause. Ins Bett durfte man sich am Tag nicht legen, sauber mit dem Besenstiel, damit alles glatt war, strich die Mutter jeden Tag darüber. Und so legte sie sich im Zimmer, in dem die Betten standen, auf den Boden, um vor Erschöpfung zu schlafen.

Doch die Mühe lohnte sich, die weißen Schuhe rückten in greifbare Nähe, Sonntag für

Sonntag ein kleines Stück. So viele Teller, so viele Töpfe, der Wunsch war größer als die Erschöpfung.

Als sie ihrer Mutter davon erzählte, zerbarst ihr Wunsch in den Scherben des Geschreis: „Was brauchst denn du weiße Schuhe? Du bist schon allerweil deppert gewesen, du gibst mir das Geld und davon wird etwas für alle gekauft!"

Und so wurde es gemacht. Sie war machtlos vor der Mutter, anstatt der weißen Schuhe wurde irgendetwas „für alle", was auch immer das war, gekauft und Anna hatte ihre Kraft dafür gegeben. Dieses verzieh sie ihr niemals.

Aber Wünsche sind nicht so leicht zu besiegen oder auszurotten, im Gegenteil, je unerreichbarer, umso erfinderischer wird der Wünschende, umso mehr wird er sich anstrengen, um zu seinem Ziel zu gelangen.

Und manch erlittenes Unbill erweist sich als Wegweiser in die Zukunft.

Sie durfte nun die Metzgerei und die Gaststube putzen, der Schritt aus der anonymen Spülküche in die Öffentlichkeit war getan.

Am Morgen lagerten noch die Gerüche der Zecher des Vorabends in der Luft, all die halbvollen Gläser, die Aschenbecher voller Stumpen und die Teller mit den fettigen Resten ergaben eine Melange aus Stumpfsinn und Fröhlichkeit, wie sie oft in ländlichen Gasthöfen anzutreffen ist.

Wenn die Schankstube wieder soweit restauriert war, wie eine alte Frau ihre Schminke aufträgt, damit man die verfallenen Ecken nicht sieht, dann kam die Metzgerei an die Reihe. Einfach eingerichtet, gekachelt und eher nüchtern im Vergleich. Der Geruch nach frischem Fleisch und Blut verursachte ihr Ekel. Penibel sauber musste alles sein, die inneren Augen hielt sie geschlossen, damit dieses Sterben um herum sie nicht in ihr Wesen eindringen konnte.

Dort lernte sie Frau Böhm kennen, die eine gute Kundin des Metzgers war. Eine rundliche Frau mit energischem Kinn, hochgesteckten Haaren, die aussahen als wären sie aus Stroh, einer breiten Brust, die sie vorschob, sodass der Eindruck entstand, die Brust sei bereits eingetreten und Frau Böhm folgte nach. Stets hatte sie ihren Zwergschnauzer dabei, ein Vieh von struppigem ebenso strohigem Fell, wie die Haarpracht seines Frauchens, aber unendlich treuen, immer etwas tränenden Augen, *Bepperl* wurde dieses Tier, das so gar nichts tierisch

Wildes mehr an sich hatte, von Frau Böhm genannt.

Stets wartete er geduldig auf sein Stück Extrawurst, das ihm der Metzger zuwarf.

Anna fiel Frau Böhm auf und sie sprach sie an, ob sie nicht lieber zu ihr kommen wolle, ein bisschen für den Haushalt, was eben so anfällt, etwas einkaufen, ein Hausmaderl eben, wie es sich der gerade erwachte bürgerliche Stand nach dem Kriege gerne leisten wollte.

Und Anna sagte zu.

So ging sie fortan nach der Schule zu Frau Böhm.

Sie lernte von ihr tschechischen Hefeteig backen, zu kochen, sie wurde zum Einkaufen geschickt und zum Wasserholen, was eben so anfällt …

Frau Böhm bevorzugte das Wasser einer bestimmten Quelle im Ort, irgendeine Kränklichkeit gab es immer zu beklagen. Der Brunnen lag etwas abseits der Hauptstraße und war etwa zwanzig Minuten Fußmarsch vom Haus der Familie entfernt.

Anna bevorzugte diese Quelle aus anderen Gründen – der Weg führte an einem Schustergeschäft vorbei. Man sah durch ein Schaufenster in die Werkstatt, und darin saß der Schusterlehrling über seiner Arbeit.

Nur ansehen wollte sie ihn, wenn sie vorüberging, ihr junges Herz schlug schneller und sie spürte ihren Magen. Nur ansehen, wie er da saß, seine Haltung, die Sonne auf seinem blonden Haar, seine Hände bei seiner Arbeit.

Die Quelle war wie ein Wunder und sie schüttete heimlich das Wasser weg, damit sie Neues holen gehen konnte.

Frau Böhm schmunzelte nur und auf ihr Drängen sagte sie: „Geh, hol halt ein Wasser."

Und sie ging.

Nach dem Mittagessen verlangte es Frau Böhm nach einer Fußmassage, die sie von Anna einforderte. Es gab etwas Süßes zum Essen dazu und Anna erledigte auch dieses ohne zu murren, es machte ihr keine Mühe.

Frau Böhm klagte immer über ihre Füße und Anna dachte sich nichts weiter bei diesem Dienst, es war leicht gegen manches andere und sie mochte die vertraulichen Gespräche der ungestörten Mittagsstunde.

Es war heiß draußen, die Fensterläden geschlossen und in den schmalen Streifen der Sonne tanzte der Staub. Die Geräusche der Straße und der Werkstatt drangen nur gedämpft herein, die Intimität war vollkommen und sie fühlte sich erwachsen.

Nach diesem langen Sommer, in dem Anna bei Frau Böhm gewesen war, kaufte ihr diese zur Entlohnung ein paar weiße Schuhe mit Riemchen. Sie gingen zusammen in das Schuhgeschäft, um sie anzuprobieren, vor dem Spiegel damit zu gehen, sie selbstverständlich gleich anzubehalten.

Das Pflaster fühlte sich anders an auf dem Nachhauseweg, der Schritt fiel leichter und sie wiegte sich in den Hüften und fühlte ihren Körper, der aus diesen erwachsenen Schuhen wuchs.

Die Reaktion zu Hause war, wie sie erwartet hatte.

„Du lässt dich aushalten, weiße Schuhe, wofür denn? Geld hättest dir geben lassen sollen, du Depperte."

Das Geschrei der Mutter hinterließ nicht einmal einen Kratzer in der Glaskugel dieses Glücks.

Frau Böhm war klug und lebenserfahren genug gewesen, um Annas Wunsch zu erkennen und den Willen, der sie trieb.

Zum anderen wusste sie nur zu gut, dass Annas Geld in der Familie verschwunden wäre.

Aber ihre weißen Schuhe gehörten nur ihr, an ihren schlanken, jungen Füßen, die ein Stück gewachsen waren in diesem Sommer.

Fritzel

Familie Böhm betrieb in Raabs das erste Elektrogeschäft und wurde reich durch das Verlegen der Stromleitungen zu den einzelnen Häusern. Annas Baracke war eines der letzten Häuser, die an diese segensreiche Erfindung angeschlossen wurde.

Das Geschäft bestand zu Anfang aus einer Werkbank, welche im Freien stand. Jeden Morgen musste der Geselle den Hühnerdreck darauf entfernen, denn der Hof war zugleich ihr Reich und die Werkbank ihr Schlafplatz.

Es gab noch eine offene Scheune, in der das Werkzeug lagerte, die dicken Drähte und Verkabelungen, Werkzeuge und Leitern, mit denen die neue Zeit in Raabs Einzug halten sollte.

Herr Böhm war ein hagerer, hochgewachsener Mann mit braunem Haar und freundlichen blauen Augen, seine runde Frau reichte ihm nicht einmal bis zur Brust, sodass er getrost ein wenig über sie hinwegsehen konnte. Sie hatten eine einzige Tochter, Friederike, die von allen jedoch nur Fritzel genannt wurde und die sie zärtlich liebten.

Ein patentes Mädel, bereits mit zwanzig hatte sie alles von ihrem Vater und auch in der Schule gelernt und war Elektrikermeisterin, bereit, sich am Aufbau der elterlichen Firma zu beteiligen.

Das Rad des Schicksals dreht sich unentwegt und wir sind unter seiner Macht.

Fritzel verliebte sich in den größten Schlawiner des Ortes, noch nicht einmal schön, zudem schielte er, doch seine Männlichkeit entwaffnete diese junge Frau und ließ sie als bloße Hülle zurück, die er benutzte wie es ihm gefiel.

Mit allen Mädchen, die einigermaßen willig waren, hatte er schon ein *Panscherl*, wie es so heißt, gehabt und niemand konnte sich Fritzels unbändige Liebe zu diesem Mann erklären.

Er hieß Thomas und war gewillt zu heiraten, Fritzel war die beste Partie am Ort.

Für die Eltern war diese Verbindung die blanke Katastrophe und sie sahen mit Entsetzen die Veränderung, die mit ihrer Tochter vorging. Aus dem willensstarken, klugen Mädchen wurde eine Hörige, die ihren Liebsten auf Händen trug, bereit, alles für ihn zu tun – und sei es die Aufgabe ihrer Existenz.

Familie Böhm erging es wie so vielen, was immer wir wählen, es wird falsch sein, denn die Voraussetzungen lassen keinen guten Ausgang mehr zu. Das klassische Dilemma.

Verboten sie ihre Verbindung, würden sie sie verlieren, stimmten sie zu, beschlossen sie ihren menschlichen Untergang.

Sie entschlossen sich zur Einwilligung in diese Heirat, die den ganzen Ort in Feststimmung versetzte.

Wennschon, dennschon, man wollte sich keine Blöße geben und alle Geschäfte verdienten reichlich an dieser unglückseligen Verbindung.

Selig war allein Fritzel, sie nahm den ihr gebotenen Frieden zwischen ihren Eltern und ihrem zukünftigen Mann dankbar an, jeder Streit war ihrem Wesen fremd und sie trachtete nach Harmonie in ihrer kleinen Familie.

Die Hochzeit wurde groß gefeiert, ein heller Sommertag, die Kutsche führte das Brautpaar den steilen Weg zur Kirche empor, wo die Festgesellschaft auf sie wartete. In der Kirche war die Liebe dieser jungen Frau fühlbar, als hätte jeder Gast eine Blume in der Hand, auf der ihre Küsse lagen.

Das Festmahl und der Tanz vereinte die halbe Gemeinde und Fritzels unbändiger Wunsch nach Harmonie erreichte seinen Höhepunkt an diesem Abend.

Das Brautpaar reiste noch in der Nacht ab, um Flitterwochen in einer südlichen Stadt zu verbringen.

Anna wurde wach von einem Schluchzen. Sie schlich durch das stille Haus und fand Frau Böhm im ehemaligen Kinderzimmer ihrer Tochter sitzend. Das Brautkleid lag auf dem Bett und sie weinte so bitterlich in den weißen Damast, wie Anna noch nie einen Menschen hatte weinen hören, als wollte ihre Seele ihren Körper verlassen, so sehr schluchzte sie um den endgültigen Verlust des geliebtesten Menschen in ihrem Leben.

Sie schlich leise zurück, um sie nicht zu stören. Es gibt Schmerzen, bei denen uns kein Mensch trösten kann und wir uns nur in den Himmel wünschen können.

Vater Böhm hatte es zur Bedingung gemacht, dass Thomas ebenfalls den Beruf des Elektrikers erlernen musste, ein kleines Pfand für seine begabte Tochter. Und so war sie gleichzeitig seine Meisterin und er ihr Schüler, doch zu Hause war er ihr Meister. Er stöhnte über die harte Arbeit und die Zumutungen des Alltags, sie bemitleidete ihn, obgleich sie ebenfalls den ganzen Tag in der Pflicht gestanden hatte. Er legte sich auf das Sofa, sie kochte für ihn, putzte seine Schuhe, sie hätte das Gras vor dem Haus rot gefärbt, hätte ihm das grün nicht gefallen.

Fritzel wurde schwanger und lebte nur im Glück, ein Mädchen wurde geboren, wenig später noch ein Junge, der Vater stolz auf seine Leistung und faul wie eh und je.

Welche Kraft die Liebe ist – man sah es an dieser Frau, die tatsächlich glücklich war mit diesem Mann, der sie betrog, sie benutzte. Ihre Liebe war unerschütterlich, sie bewahrte den Moment ihres sich Verliebens, sie hatte diesen Mann erwählt, als hätte sie die Augen geschlossen und bliebe für immer in ihrer Welt.

Der Otto, der Fahnenträger und die Ursachen der Liebe

Der größere Wohlstand der Familie Böhm erforderte ein neues Domizil.

Bereits in der alten Wohnung hatte Anna den Otto, er war Geselle in der Firma der Böhms, gerne betrachtet, beim Geschirrabwaschen nach dem Mittag, er saß im Hof auf der Werkbank, rauchte und blinzelte zu ihr hoch. Die Arbeit ging leichter von der Hand, während sie ihren Träumen nachhing.

Er war zwar klein, doch von stets freundlichem Wesen, zurückhaltend, 15 Jahre älter als sie, ein richtiger Mann in ihren Augen und er besaß eine Kuh.

An manchen Sonntagen schon hatte er sie zu einem Spaziergang eingeladen und brachte sie auch zu sich nach Hause. Seine Mutter freute sich über den Gast, es gab Kuchen und Anna wusch bereitwillig ab und kümmerte sich um die alte Frau, stets freundlich, wie es ihrem Wesen so leichtfiel.

Wer wünschte sich nicht eine solche Tochter?

Der Bau des neuen Hauses verlangte von allen Bediensteten Zusammenhalt und Arbeit bis an die körperlichen Grenzen.

Das Haus sollte den Aufstieg der Familie repräsentieren und zugleich den zahlreichen Bewohnern sowie der Werkstatt, dem Laden, in dem neuartige Elektrogeräte angeboten werden sollten, einen respektablen Raum bieten. Zeuge des Erfolgs und des Leistungswillens, Gründerzeit nach dem Krieg, wer jetzt bereit ist, wird reich werden, auch wenn es mühevoll ist.

Anna und Fritzel standen auf dem Gerüst des Daches, jeder Ziegel wurde nach oben geworfen und musste aufgefangen werden. Jeder Ziegel zu Anna wurde von Otto geworfen und sie mühte sich, jeden zu erreichen, hatten doch seine Hände ihn berührt.

So bestand das Dach dieses erfolgreichen Hauses aus Sehnsucht nach Berührung, es steht noch heute.

Otto war bei der Feuerwehr, wie stattlich er war in seiner Uniform, und es kam der Tag des Feuerwehrballs. Mitten im Winter, der Schnee lag hoch, Anna spürte die Kälte nicht, als er sie abholen kam. In dem neuen Haus hatte sie eine eigene Kammer, milchglasverkleidet, jeder musste daran vorbei, doch es

war ein Platz für sie allein. Sie hatte sich ange-
kleidet, in der Tracht dieser Gegend und glühte vor Vorfreude auf diesen Abend.

Otto war pünktlich, wie schmuck er war an
diesem Abend, er führte sie zum Ball, es gab
Punsch, ihre Wangen wurden rot und ihr
Körper schmiegte sich an ihn beim Tanz. Er
kam ihr größer vor, auch wenn sie sich direkt
in die Augen sehen konnten.

Danach saßen sie auf einer Bank, er hatte sie
hinausgeführt, es ging schon gegen Morgen,
keinen Tanz hatten sie ausgelassen. Sie saß auf
seinem Schoß, wo war denn Winter? In ihren
Küssen glühte der Sommer, ihre Hände fanden sich, als wäre das das Selbstverständlichs-
te auf der Welt und die Zukunft erschien so
einfach in ihrer jungen Liebe.

Otto brachte sie nach Hause – und dort
wurden sie schon erwartet – es hagelte eine
schallende Ohrfeige von Frau Böhm.

„Was denkst du dir denn? Der Otto ist doch
viel zu alt für dich, du wirst ihn nicht mehr
wiedersehen, sonst kannst gleich gehen, jetzt
in der Nacht, für was hältst du dich?"

Und Anna sagte nichts und gehorchte. Wie
jede Mutter, die sie kannte, schlug auch Frau
Böhm zu und gönnte ihr kein Glück, sie fühlte
sich tatsächlich schuldig durch den Blick der

Mutter, der sie halten wollte, um sie zu benutzen.

Der Otto bekam eine Ermahnung, die an Deutlichkeit nichts zu wünschen übrig ließ und wagte es aus Angst um seine Stellung nie mehr, Anna einzuladen oder anzusprechen. Und so waren sie zu Leibeigenen degradiert, im Joch des Alltags marschierten sie weiter.

Doch Annas Lebenshunger war mit Verboten nicht beizukommen – es kam das Feuerwehrfest – und das ist im Sommer. Es gab einen Umzug, die ganze Stadt festlich geschmückt, ein Jubiläum, die Stimmung überträgt sich auf jeden Einzelnen. In einer Welt, die aus harter Arbeit besteht, werden die Festtage besonders geachtet.

Und da war er – der Fahnenträger – aus der Nachbargemeinde Sickhardts. Ein Zwei-Meter-Mann mit dunklen Augen, sie verliebte sich auf der Stelle in ihn, diese Männlichkeit, diese Kraft.

Am Abend gefiel sie ihm, sie bot sich an in ihrer Weiblichkeit, sie nahm in wahr unter all den anderen und sie tanzten die ganze Nacht.

Dann lud er sie ein, und sie bestieg den Zug nach Sickhardts, ein deprimierender Flecken ohne Kern, als hätte ein Kind die Häuser achtlos hingewürfelt.

Sie gingen ins Kino, bummelten durch den Ort. Sie bewunderte ihn und er genoss ihre Bewunderung, als ob körperliche Größe ein Verdienst wäre.

Dann kam der Abschied.

Annas Familie zog nach Wien und sie musste mit.

Tränenreich der Abschied, doch niemand, der sagte: „Bleib!". Niemand, der sie gehalten hätte, wie sehr hätte sie es sich gewünscht.

Im Rauch des Zuges blieben sie alle zurück.

Frau Böhm, Fritzel, Otto, der Fahnenträger, ihre Kindheit, die weißen Schuhe, wurden zu klein in ihrem neuen Leben.

Doch Anna hatte ihre Strategie gefunden.

Wenn es ungemütlich wird, emotional, finanziell, gesundheitlich ..., wenn du denkst, aus dieser Not gibt es keinen Ausweg.

Verliebe dich!

In einen Mann, ein Kind, einen Hund, ein neues Kleid, ein Paar Schuhe, eine Wiese unter blühenden Apfelbäumen, einen Tanzabend, in ein gutes Essen, in Komplimente, in einen Sonnenuntergang.

Und du wirst emotional überleben.

Rezept:
Tröstende Frittatensuppe

Wer schon einmal eine original österreichische Frittatensuppe gegessen hat, der weiß um ihre seelentröstende Wirkung. Die Frittaten müssen hausgemacht sein, gerne am Vortag. Ganz fein werden sie geschnitten und in die heiße Suppe gelegt.

Am besten schmeckt sie aus altmodischen tiefen Tellern mit einem Silberlöffel.

Man schlürft und schmatzt die weich gewordenen Frittaten, die einem das Kinn bespritzen und die warme Suppe füllt den Bauch.

Es ist eine Speise, die an Kindertage erinnert und sorglos stimmt.

Zutaten:

75 g Mehl (glatt)
1/8 l Milch
2 Eier
Salz
Speck (fett, oder Butter zum Backen)
1 l Rindsuppe

Zubereitung:

Für die Frittatensuppe Mehl, Milch, Eier und Salz mit einer Schneerute gut versprudeln.

In einer Pfanne etwas Speck zerlassen, Speck wieder entfernen und im verbliebenen Fett 3 bis 4 Frittatenpalatschinken beidseitig schön gelb ausbacken.

Jeden Palatschinken einzeln zusammenrollen und mit einem scharfen Messer feinnudelig schneiden.

Frittaten auf Suppenteller verteilen und mit heißer Rindsuppe übergießen: fertig ist die Frittatensuppe!

Nach einer kleinen Pause sollte man dann noch **Topfenpalatschinken** mit reichlich Puderzucker verzehren und fast alle Leiden dieser Welt können heilen.

Zutaten für den Teig:

3/8 l Vollmilch
200 g Mehl (glatt)
3 Eier
Salz
etwas Fett

Für die Topfenfülle:
120 g Butter
150 g Zucker
5 Eier
Salz
Vanille
Zitronenschale (gerieben)
250 g Magertopfen
70 g Rosinen
250 g Sauerrahm

Für die Eiermilch:
1 l Milch
200 g Zucker
4 Eier

Zubereitung:

Zuerst die Topfenfülle vorbereiten. Dazu Butter, Zucker, Vanille und Zitronenschale schaumig rühren, die Eier nach und nach dazu rühren, den passierten Topfen und die Rosinen beimengen und zuletzt den Rahm darunter mischen.

Für die Palatschinken Milch, Mehl und etwas Salz glatt rühren, die Eier hinzufügen und kräftig verschlagen. Fett erhitzen (der Boden der Pfanne soll schwach bedeckt sein). Den Teig so dünn wie möglich eingießen und beidseitig bei guter Hitze backen.

Danach die Palatschinken mit der Topfencreme füllen. Die gefüllten Palatschinken halbieren und in eine befettete Auflaufform mit der Schnittfläche nach oben schräg aufeinanderlegen. Mit Eiermilch so übergießen, dass die Palatschinken knapp bedeckt sind.
Bei mittlerer Hitze im Backrohr backen.

Anmerkung von Anna:
Etwas Vanille zur Eiermilch geben.

Frau Gaugusch in der Himmelsgasse

Im Wien der beginnenden 1950er Jahre hatte Frau Gaugusch ein Delikatessengeschäft in der Himmelsgasse in Grinzing. Sie gab vor, verwitwet zu sein und zeichnete sich durch eine besondere Verbitterung und Geiz aus.

Stets trug sie schwarze Kleider, eine Strickjacke aus undefinierbarem Stoff, die Haare steckten in einem strengen Knoten. Früher konnte man sie für hübsch gehalten haben, noch heute verrieten ihre Augen ein Strahlen, besonders wenn es an das Zählen von Geld ging.

Frau Gaugusch war Mitte vierzig und figürlich ziemlich unförmig geworden. Die Delikatessen ihres Ladens hatten sich um ihre Hüften zu Panzerringen gegen die ihr feindlich erscheinende Außenwelt verwandelt. Die Füße steckten in derben schwarzen Schuhen und zu gern jammerte sie über ihre Schmerzen.

Irgendein Weh war immer zur Stelle, das man belauschen, befingern konnte, um es dann, von allen Seiten betrachtet und somit vergrößert, den Menschen zu erzählen, die in ihren Laden kamen. Und die selbst nichts mehr liebten, als sich über Krankheiten zu unterhalten, möglichst detailreich, um nebenbei große Portionen fettiger Wurst zu bestellen, literweise Sahne oder sonstige gesundheitsfördernde Lebensmittel einzukaufen.

Anna war zu dieser Zeit Hausmädchen bei ihr, 16 Jahre alt, ein schmales Mädchen mit großen grünen Augen und dunklen Zöpfen. Von zu Hause hatte sie stets gehört, wie hässlich sie sei, was sich ihr bis ins Innerste eingeprägt hatte.

Während ihrer Kindheit lebte eine Malerin in ihrem Geburtsort, die ein Porträt von ihr malte und ihr sagte, sie sei eine klassische Schönheit. Ein Begriff, mit dem niemand etwas anfangen konnte, und der für Anna nur noch mehr Grund war, sich für ihr Äußeres zu schämen und ihren Geschwistern Anlass zu weiteren Hänseleien gab.

Anna lebte mit ihren vier Geschwistern in sehr einfachen Verhältnissen, genau genommen in einer Art Baracke am Rande des Städtchens Raabs an der Thaya.

Dort besuchte sie die Volksschule. Das war ein Ort, an dem sie geschätzt wurde, sie lernte fleißig, war mit allem zufrieden und niemals aufmüpfig, was bei dem Lehrpersonal durchweg besonders gut ankam.

Ihre Brüder zeichneten sich eher dadurch aus, dass sie alle möglichen Streiche spielten und regelmäßig vom Lehrer verprügelt wurden.

Zu gerne hätte sie einen Beruf gelernt, Friseurin oder Verkäuferin, wäre zu gerne noch auf die Schule gegangen, der Lehrer kam sogar zu ihr nach Hause, um bei ihren Eltern dafür zu bitten. Jedoch ohne Erfolg.

Ein Madel braucht nichts lernen, so hieß es, und ab 14 musste Anna ihr eigenes Geld verdienen. Diese Härte hat sie ihren Eltern nie verziehen und es stets als verpasste Lebenschance betrachtet.

Frau Gauguschs Laden war ein schmaler Schlauch, dunkel gebeizt die Wände und der Boden, von all den Ausdünstungen der vielen guten Dinge, die hier ein und aus gingen.

Zwischen dicken, saftigen Schinken, die in eine Vorrichtung gespannt wurden, um davon hauchfeine Scheiben abzuhobeln – ein würziger Duft entstand dabei –, lagerte fette Wurst in dicken Gedärmen, Käselaibe gelb glänzend, ein großer Block Butter, von dem direkt abgeschnitten wurde und die Stücke in dickfettiges Papier verpackt wurden.

Auf den Regalen Mehl, Zucker, Rosinen aus der Türkei, Mandeln aus dem Orient, Nüsse aus dem Waldviertel.

Dazu verschiedenste Gewürze in Gläsern oder Holzkistchen. Sobald man sie öffnete, wurde man fast benommen von der Intensität des feinen Muskat, Zimt, Koriander und den scharfen Gewürzen aus Indien.

Dazwischen große, glänzende Kupferkessel mit Hähnen daran, die Essenzen wie Essig und diverse Öle in ihren dicken Bäuchen bargen.

Anna liebte es, in diesem Laden zu verkaufen. Die Menschen, die kamen, das Abwiegen der Waren, welche offen in Stanitzel, so werden die spitzen Tüten genannt, oder in mitgebrachte Gefäße verpackt wurden.

Sie war beliebt, denn sie war freundlich und bescheiden, dazu flink und besaß eine natürliche Fähigkeit zu dienen, ohne ihre Würde zu verlieren.

Vorne im Laden residierte Frau Gaugusch in der Welt des Geldes, welche aus einem kleinen Holzverschlag, der in eine Nische in der Wand eingelassen war, bestand.

Dieser Raum war winzig, ein Stuhl mit vielen Kissen und Decken stand darin, denn es war immer kalt im Laden, weil sonst die Waren verdorben wären. Ein mit Zetteln übersätes Holztischchen, Rechnungen oder Anschreibbelegen von säumigen Kunden. In der Tür ein Fenster, welches tief gezogen war, mit einem Holzabsatz, das Ganze bildete die Kasse, an welchem die Kunden für die Delikatessen bezahlten und sie ihre Abrechnungen machte, gierig ihr Geld zählte und hortete.

Dies war ihre Welt. Sie drehte und wendete die Scheine und Münzen liebend gern in ihren Händen, strich darüber, als wäre es die Wange eines Liebhabers, lustvolle Gefühle durchströmten sie, während sie die kühlen Münzen durch ihre Finger rieseln ließ. Sie rutschte oft unruhig auf ihren Kissen hin und her, um daraufhin wütend zu werden, brodelnder Hass, diese verbotenen Gefühle, die Beichte würde lang ausfallen.

Es befriedigte sie dann, wenn sie Anna mit sinnlosen Aufgaben quälen konnte und sie ihr zusah, wie sie sich abmühte. Keiner sollte es gut haben neben ihr, ihr eigener Geiz hatte ihr Mitgefühl zerfressen, die mangelnde Liebe sie eingesperrt in ihr kleines Kassenhäuschen.

Einmal verletzte sich Anna sehr an einem Fleischhaken, an welchem Schinken und Würste aufgehängt waren, der Haken stach zwischen Zeige- und Mittelfinger der rechten Hand hindurch, sie wurde regelrecht aufgespießt, die Narbe war ihr Leben lang noch zu sehen. Damals war das jedoch kein Grund, die Arbeit zu unterbrechen, die Wunde wurde unter Schimpfen über ihre Ungeschicktheit grob verbunden, und arbeiten kann man schließlich auch mit einer Hand.

Zu ihrem Schmerz kam noch die Schelte, kein tröstendes Wort kam dieser Frau, die so kalt war wie ihr Laden, über die Lippen. Es war der Geruch des Blutes, der dieser verblühten Frau so widerlich war, wie auch ihre wiederkehrende Blutung für sie Grund zu höchstem Ekel war. Etwas Unkontrollierbares, das da aus ihr herausfloss, ein Geruch, kaum zu verbergen in der Hygiene dieser Zeit und eine stete Erinnerung an ihre Kinderlosigkeit und Einsamkeit in ihrem Bett.

Frau Gaugusch gab nicht nur vor, sie sei verwitwet. Sehr wichtig war es ihr auch, den Anschein zu wahren, sie sei christlich. Und so ging sie jeden Morgen um fünf Uhr den langen Weg zur Kirche nach Kaasgraben, um den Herrn zu suchen.

Anna musste bei ihr im Zimmer schlafen und jeden Morgen schlug Frau Gaugusch die Tür gegen ihr Bett und ermahnte sie:

„Der erste Schritt ist schwer, frühmorgens aus dem Bette, er zeiget wie du hängst an deiner Lüste Kette, im ersten Schritt sollst du die Lehre finden, dass man sich übt den ganzen Tag im Überwinden!"

Nur noch ein wenig schlafen – Anna drehte sich noch einmal um, genoss die kurze Zeit des Alleinseins, die Wärme und Geborgenheit des Bettes, welche sie als Kind kennengelernt hatte und die ihr Trost spendeten.

Die Familie war arm und die Mutter arbeitete beim Großgrundbesitzer, der Vater war bei der Bahn oder im Krieg, jedenfalls nicht oft anwesend.

Anna war ein sehr schmächtiges, zartes und sensibles Kind in einer Familie, die damit nichts anzufangen wusste und eigentlich davon ausging, dass sie ihre Kindheit mit dieser Statur nicht überleben würde.

Sie wurde oft krank, oder tat jedenfalls so, denn dann gab es für sie etwas Besonderes zu essen, die Mutter schlug sie nicht und sie durfte sich ins Bett zurückziehen – alle schliefen in einem Raum, der tagsüber, wenn die Betten gemacht worden waren, nicht betreten werden durfte.

Nur die Krankheit verschaffte ihr Eintritt zu Ruhe und Geborgenheit, die sie in ihrem Bett fand, welches sie sonst jede Nacht noch mit ihrem Bruder teilen musste.

Diese Momente des Alleinseins und des Träumens, während draußen der Tag mit seinem Gelärm verstrich, mussten die liebenden Arme der Mutter ersetzen, die Schulter des abwesenden Vaters.

Zu Annas Pflichten bei Frau Gaugusch gehörte auch das Kochen für sie beide.

Aus dem Laden durfte nichts, aber auch gar nichts, gegessen werden und man hätte nur von den Düften satt werden können, wenn nicht das Gegenteil der Fall gewesen wäre.

Frau Gaugusch liebte warmes Bier, welches Anna schon morgens an den Ofen stellen musste. Mehrere Fläschchen verbrauchte sie jeden Tag, was sich bedauerlicherweise nicht lindernd auf ihr Gemüt auswirkte.

Als übliches Sonntagsessen servierte sie Wiener Schnitzel mit Erdäpfelsalat.

Zu diesem Zweck hatte sich Anna am Freitag aufzumachen, die ganze Himmelsgasse hinunter und noch weiter zum billigsten

Metzger im Bezirk, um dort zwei hauchdünn geschnittene Schnitzel einzukaufen.

Dreimal musste sie diese panieren in Mehl, Semmelbrösel und Ei, um ihnen eine nährende Konsistenz zu geben. Ausgebacken wurde in duftendem Schweineschmalz, welches diesen Schnitzeln in Wien immer ihr köstliches Aroma gibt.

Zur Feier des Tages gab es für Anna sonntags ein Kracherl, eine durchsichtige Limonade in einer kleinen Glasflasche, auf welchem das Riesenrad abgebildet ist, die nach Zitrone und Kräutern schmeckt.

Nur am Nachmittag hatte sie einige Stunden frei, die sie meistens zum Schlafen nutzte, da sie so erschöpft von der Arbeit war. Sie träumte dann von einem anderen Leben, ihrer Familie, an der sie hing wie ein Hund, der stets zu seinem prügelnden Herrn zurückkehrt, und von Ausflügen, die sie einmal machen würde in dieser schönen Stadt.

Montags war Waschtag und damit schon der Tag in der Woche, vor dem man sich am meisten fürchtete.

Sonntagabends wurde die Wäsche bereits eingeweicht und am Montag um fünf Uhr früh begann sie, den Kessel einzuheizen. Die Wäsche wurde gekocht, an langen Holzlöffeln herausgezogen und auf der Waschrumpel mit Seifenflocken geschrubbt.

Der erste Spülgang für die weiße Wäsche musste kochend heiß sein, denn so kam die ganze Lauge heraus und die Wäsche wurde blütenweiß. Frau Gaugusch legte großen Wert auf weiße Blusen, die Anna unter ihrer Schürze trug, wenn sie im Laden half.

(Anna war Zeit ihres Lebens überzeugt, dass es viel weniger Waschmittel geben müsste, speziell zum Entgrauen, wenn der erste Spülgang in einer Waschmaschine heiß durchgeführt werden könnte.)

In dieser Lauge wurde dann die Buntwäsche nach demselben Prinzip gewaschen. Die Arbeit war anstrengend und dauerte den ganzen Tag, bis zum Abend waren die Hände aufgequollen, die Wäsche aufgehängt, im Sommer noch gebleicht und der Geruch der Lauge schien sich in der Haut eingelagert zu haben.

Die Woche hatte ihren festen Rhythmus, welche Gerichte an welchem Tag, welche Arbeit, genaue Struktur, wiederkehrend, als gäbe es keine Festtage mehr, so erstreckten sich die Tage vor ihr.

Eines Tages erschien ein gut aussehender, dunkler Mann im Laden, der, wie sich herausstellte, Frau Gauguschs Ehemann war, der es mit dieser kleinen, pummeligen und ewig griesgrämigen Frau nicht ausgehalten hatte und irgendwo sein eigenes Leben führte.

Anna malte sich aus, was für ein abenteuerliches Leben das sein könnte, fremde Länder, und wenn es nur fremde Gassen in Wien waren, so erschienen ihr diese ebenso fern. Vielleicht gar romantische Liebschaften, wie sie sie aus ihren Romanheften kannte, ihr Herz schlug höher bei dem Gedanken und die Sehnsucht zeigte ihr schönes Gesicht.

Frau Gaugusch gab dem Mann Geld. Das war wohl auch der Grund, weshalb er gekommen war.

Den Mund hatte sie fest zusammengekniffen, als sie die Scheine und Münzen durch ihre Hand in seine zählte, wie ihre ungeweinten Tränen, das Geld als Pfand ihrer Liebe, die sie ebenso nicht mehr schmeckte wie das Salz des Weinens.

Geld, das sie hütete als ihren Schatz, so kalt wie ihr Laden, so einsam wie ihre morgendlichen Gänge in die Kirche und so wertlos wie ihre verlorene Liebe

Nur Härte und Trauer blieb Anna aus dieser Zeit in Erinnerung und der Duft der Gewürze, des Schinkens, der edlen Speisen.

Zutaten für ein Festmahl, doch die Gäste blieben aus, da die Großzügigkeit der Gastgeberin fehlte.

Rezept:
Wiener Schnitzel mit Erdäpfelsalat
wie bei meiner Oma

Zutaten:

4 Kalbsschnitzel (Kalbsnuss ca. 500g)
Salz
Mehl (glatt)
2 Eier
etwas Öl
1 EL Milch
Semmelbrösel
Schmalz (oder Öl)

Zubereitung:

Das Wiener Schnitzel nicht zu dünn schneiden, an den Rändern einschneiden, mit Klarsichtfolie bedecken und gut klopfen, beidseitig salzen (im Normalfall sollten sie 6 mm stark sein).

Zum Panieren die Zutaten vorbereiten: Mehl auf einem Teller bereitstellen, Eier mit Öl und Milch mit einer Gabel, am besten in einem Suppenteller, verquirlen, Brösel auf einem Teller verteilen.

Schnitzel auf beiden Seiten bemehlen, in die Ei-Mischung tauchen und in Bröseln beidseitig panieren (nicht zu fest andrücken).

Schweineschmalz in einer tiefen Pfanne heiß werden lassen und die Wiener Schnitzel auf beiden Seiten schwimmend herausbacken.

Dazu: Erdäpfelsalat wie bei meiner Oma

Zutaten:

1 kg Kartoffeln (speckig)
6 cl Öl
1 Stück Zwiebel(n) (rot, (ca. 80 g))
500 ml Wasser
1 EL Estragonsenf
5 EL Essig
2 EL Kristallzucker
Salz
Pfeffer

Zubereitung:

Für den Erdäpfelsalat ungeschälte Erdäpfel in Salzwasser weich kochen. Abseihen,

ausdämpfen lassen und noch warm schä-
len. Blättrig schneiden und rasch mit Öl
übergießen.
Wasser mit Senf, Essig und Zucker aufko-
chen und zu den Erdäpfeln gießen. Mit
Salz sowie frisch gemahlenem Pfeffer wür-
zen, gut vermischen und etwa 30 Minuten
rasten lassen.

Den Erdäpfelsalat nochmals abschmecken
und, je nach Geschmack, mit fein geschnit-
tener Zwiebel zu einem sämigen Salat ver-
mengen.

Schurl – der Trottel

Mit der Liebe ist es so eine Sache, manchmal verbindet sie zwei Menschen, um sie ins Glück zu führen, und manchmal, um ihnen alle Chancen zu nehmen und sie ins bitterste Unglück zu stürzen.

So verhielt es sich mit der Schwester von Anna, Marianne, eine Schönheit in ihrer Jugend, mit langen Locken und üppiger Figur, warmherzig, großzügig im Verschenken ihres üppigen Leibes und ihres großen Herzens. Auf jedem Tanz war sie die Begehrteste und Anna stand beiseite, wenn ihre Schwester ihren Auftritt hatte. Jeden Mann hätte sie haben können, ihre Schönheit wäre die Eintrittskarte ins Paradies gewesen, wenn nicht ein fremdes Schicksal es anders bestimmt hätte und sie Schurl – eigentlich Georg mit Namen – aus heute noch unbegreiflichen Gründen geheiratet hätte und damit ihren Untergang besiegelte.

Marianne hatte lange honigfarbene Locken, ein Lachen, das jeden ergriff, zugleich ein praktisches, einfaches Wesen und ein grund-

sonniges Gemüt, das jeden Tag als einen Fest-
tag ansah.

Um zum Tanz zu gehen, wurde viel Auf-
wand betrieben. Es gab kein fließendes Wasser, es musste von weit her aus dem Brunnen
geholt werden, dennoch wurden die Haare
aufs Sorgfältigste frisiert und danach mit Zuckerwasser fixiert. Es wurde sich gewaschen
und die schönen Kleider angelegt, in denen
der Geruch der Sonne und des Windes, der sie
getrocknet hatte, ruhte.

Zusammen mit dem Duft dieser jungen,
schönen Frau entstand an einem Sommer-
abend das schönste Parfüm aus Körpergeruch
und einfacher Seife.

Der Sohn des Gutsbesitzers hatte ein Auge
auf sie geworfen, ihr Körper versprach Kin-
dersegen und eine anschmiegsame Frau im
gemeinsamen Bett.

Während er sie beim Tanz im Arm hielt,
überraschte ihn sein Verlangen, sie zu be-
schützen und sie nach Hause zu führen. Er
fühlte sich männlich und überlegen ihr gegenüber, die aus armen Verhältnissen kam und
als Kapital nur ihre Schönheit anzubieten hatte.

Die Eltern dieses Paares waren gegen diese
Verbindung, die ihre ersten zarten Blüten aus-

zutreiben begann, welche gewöhnlich in einer Scheune, auf einer Wiese, endeten.

Die einen Eltern, weil sie dachten, sie sei nicht gut genug, die anderen, weil sie dachten, sie sei es nicht wert.

Schönheit gegen Geld wird immer schlecht gehandelt, es sei denn, das Geld ist in einem solchen Maß vorhanden, dass man Schönheit damit kaufen kann.

Und so begann sie ihre Schönheit als wertlos zu betrachten und verlor damit ihren kostbarsten Besitz, wurde arm an der Meinung ihrer Familie und ging fort wie eine Bettlerin. Nach Wien, um eine Arbeit zu finden, nicht als Königin der durchtanzten Sommernächte, sondern heimatlos und ohne Geld, um sich daran zu machen, ihre wahres Wesen im Verlauf ihres kurzen Lebens zu zerstören.

Schurl war ein unscheinbares Männchen mit schütterem dackelbraunem Haar, spitzer Nase und immer wässrigen Augen von milchiggrüner Farbe wie ein schlammiger Teich. Er hatte etwas Verschlagenes, wohl herrührend aus seiner Vergangenheit. Seine Mutter war eine Hure, allein hatte sie ihre Kinder großziehen müssen, in einer Welt, in der Männer entweder Kunden oder abwesend waren.

Er zeigte Marianne die Stadt, sie heirateten schnell und heimlich, sie hatte noch ihren Traum vom Stadtleben, Flair und Poesie – die Wirklichkeit war erbärmlich und der Weg zurück für immer verbaut.

Anna, sie war damals etwa 14 Jahre alt, besuchte Marianne in der Stadt. Mit dem Zug eine Fahrt aus der Vergangenheit, in der die Zeit stehen geblieben war, in eine vermeintlich glitzernde Zukunft.

Aus einer Landschaft voller Weinreben und bäuerlichem, gemäßigtem Leben in Bescheidenheit, hinein in die Stadt, Turbulenz, Leben, Menschen, man wird geschoben, die eigenen Gedanken sind zu still im Lärm der großen Stadt.

Ihre Schwester wohnte zu dieser Zeit mit ihrem Mann im 2. Bezirk, dem Hurenviertel von Wien, in welchem sich auch der Prater befindet – Touristenziel und Ausflugsort.

Am Tag voller Harmonie, Familienausflüge, Mittagessen im Schweizerhaus, Ringelspiel und Riesenrad, Praterallee zum Spazierengehen Hand in Hand, Sonntagskleider, unter schattigen Bäumen Familienglück. Hunde mit ihren Herrn die Sonne genießend, Fahrradfahrer, Kutschen, die Kinder drängeln zu den Buden, es riecht nach Zuckerwatte und die Erregung eines besonderen Tages liegt in der Luft.

In der Nacht lauern die Lust und das Grauen hinter den bemalten Fratzen der Buden, jeder Karussellbesitzer ein Zuhälter, und in den Spielhöllen des Praters hat schon mancher brave Mensch sein Vermögen gelassen, um sich am nächsten Morgen in den Armen einer traurigen Hure wiederzufinden und keinen Weg zurück zu wissen.

Die Wohnung, in der Marianne und Schurl lebten, bestand aus einem langen Flur mit vielen Zimmern, einer Küche und – welcher Luxus – einem Bad.

Die Wände waren so dünn und vom Schimmel bereits löchrig gefressen, dass man problemlos den Wohngenossinnen, derer es etwa fünf gab, bei der Arbeit zusehen und vor allem zuhören konnte. Denn diese verdienten sich ihren kümmerlichen Lebensunterhalt mit dem ältesten Spiel der Welt und brachten häufig Freier mit herauf, die sie auf der Straße angelockt hatten.

Die Zeit ist der Feind der Huren, und so konnte Marianne mit ihrem Mann die Rennbahn der Triebe belauschen, in denen Geschwindigkeit alles ist, denn dann bleibt noch Zeit für einen weiteren, zahlenden Gast.

Anna fand sich beim Frühstück im Kreise dieser warmherzigen Frauen in bunten Morgenmänteln wieder, die Luft rauchgeschwängert, die von ihren Erlebnissen der Nacht detailreich berichteten und über ihre Kunden schimpften, die immer mehr für weniger Geld wollten. Sie rauchten und erzählten: Von Liebespannen, fremden Körpern, Stammkunden, seltsamen Wünschen. Dazu tranken sie Kaffee, es gab Semmeln und Hörnchen.

„Geh Mariann, koch uns ein Kartoffelgulasch auf d'Nacht."

Denn niemand kann lieben oder arbeiten, wenn er nicht richtig zu Abend gegessen hat.

Marianne bekleidete wohl so etwas wie die Stellung einer Köchin oder eines Hausmädchens in diesem bunten Haufen.

Dieses Kartoffelgulasch, welches ohne Fleisch zubereitet wird, als Einlage eine Wurst aus Pferdefleisch – Burenheidl genannt –, verstand sie aufs Trefflichste zuzubereiten.

Diese Würste gibt es an jedem Würstelstand in Wien zu kaufen und nur dort schmecken sie wirklich gut, besonders nach einem Opernbesuch, noch in Abendkleidung bei Nacht.

Anna war der Besuch. Sie wurde bebusselt und ausgeführt, die Huren wetteiferten um ihre Gunst und gaben ihr kleine Geschenke, erzählten ihr Geschichten und waren Mütter der Phantasie, wie sie nachts Frauen in der Phantasie der Männer waren, die zu ihnen kamen.

Im Badezimmer besah Anna sich die seltsamen Gebilde der Wäsche, welche hier frisch gewaschen zum Trocknen aufgehängt waren. Nie zuvor hatte sie so etwas gesehen: Strümpfe hauchzart in schwarz, Miedergürtel, Korsagen, BHs in Farben wie ein Rausch.

Vorsichtig strich sie mit der Hand darüber und fragte sich, wie sich so etwas auf der Haut anfühlen würde und wozu man diese Kleinigkeiten trug?

Die Schminktiegel und Perücken, eine Garderobe wie im Theater, sie roch an den verschiedenen Fläschchen mit Parfum – eine Werkstatt, in der aus einer Frau die Verheißung, die Sünde, die Lust kreiert wurde.

Ihr Bruder Hans lebte zu dieser Zeit bereits auch in Wien. Er war Polizist, oder wie man in Wien sagt Wachtmeister, geworden und sein Revier befand sich im 2. Bezirk. Jede Hure kannte ihn und sie waren froh über seine

Großzügigkeit, er kannte die Armut und wusste, warum diese Frauen hier standen.

So sehr dieser Mann die Frauen liebte, an seinem Schlüsselbund hing eine Vielzahl von Schlüsseln zu geheimen Treffpunkten von reichen Wiener Frauen mit ausreichend Tagesfreizeit, er kannte die Gegenseite und die Frauen vom Gewerbe waren tabu.

Hans hatte zudem des Öfteren Dienst als Verkehrspolizist. Damals gab es noch nicht so viele Ampeln, sondern ein gelb bemaltes Podest in der Mitte von großen Kreuzungen, auf welchem der Wachtmeister stand und, mit weißen Handschuhen angetan, den Verkehr regelte.

Hans schien zudem den Verkehr mit vielen Damen aufs Vorzüglichste zu regeln und zu Weihnachten war sein Podest auf der Kreuzung regelmäßig übersät mit Geschenken.

Hans hatte sich mit Anna verabredet, um mit ihr gemeinsam ins Kino zu gehen.

Vor der Tür, auf der Straße, sollte sie auf ihn warten, bis er sie abholen wollte.

Und so stand sie da, ein schmales Mädchen, im dunklen Faltenrock, Bluse, Strickjacke, Zöpfen und wartete.

Es dauerte keine fünf Minuten bis eine der Damen, die hier ihren Arbeitsplatz hatte, sie ziemlich unmissverständlich darauf hinwies, dass sie auf ihrem Platz stehen würde und sie verschwinden solle. Die Formulierung war sehr deutlich, ein Rippenstoß ließ keinen Zweifel mehr aufkommen, dass Anna hier unerwünscht war, aber warum?

Anna fing an zu weinen, sie verstand überhaupt nicht, warum sie nicht auf der Straße stehen sollte, sie war derartig naiv.

Der Beruf dieser Frauen war diesem streng katholischen Mädchen so unbekannt, in ihrer jungfräulichen und ängstlichen Phantasie hatten die Männer, die Lust, noch keinen Raum eingenommen und sie erobert.

Als ihr Bruder endlich kam, fand er sie in Tränen aufgelöst.

Er lachte und beschimpfte gleichzeitig die Frau: „Geh, bist deppert? Das ist doch mein Schwesterl, wie kannst du denken, dass sie dir deinen Platz wegnimmt, schau sie dir doch an!"

Worauf Anna noch viel mehr zu weinen begann und sich so furchtbar hässlich neben diesen Phantasiefrauen vorkam. Zuvor hatte sie noch interessiert die Kleidung der Frauen betrachtet und ihr gefielen besonders die kurzen, glänzenden Röcke, die zu hohen Stiefeln getragen wurden. Ein solches Röckchen hätte sie auch gerne gehabt.

Sie erzählte es später ihrem Bruder, der über ihre Kindlichkeit nur staunen konnte.

Nach dieser Zeit, die der grenzenlosen Naivität Annas nicht eine Spur anhaben konnte, kehrte sie mit Marianne zurück nach Raabs, wo ihre Familie wohnte.

Marianne war hochschwanger und sollte ihr erstes Kind auf die Welt bringen, dem noch viele weitere Kinder, die lebten, starben oder von einer Engelmacherin abgetrieben wurden, folgen sollten.

Sie fuhren wieder mit dem Zug, zurück in eine Vergangenheit, die für Marianne unerreichbar geworden war und Annas Zuhause, das sie jedoch sehr bald verlassen sollte.

Fährt man aus Wien ins Waldviertel, so erreicht man bald weite Felder, goldgelb im Sommer, große Ackerflächen, die den Hunger der Stadt stillen sollen. Eine Hochebene, dazwischen Schluchten, zerklüftet, mit wilden Wäldern, in denen klare Flüsse zwischen hohen Felswänden fließen. Burgen und Schlösser, verfallen, zwischen milden Hängen voller Wein.

Zuhause, nach Hause, Marianne hatte Angst, vor der Geburt, vor ihren Eltern.

Der Empfang war kühl, ein abschätzender Blick auf ihren Bauch, es würde wohl nicht mehr lange dauern.

Und so war es auch. Die Geburt erfolgte sehr bald nach Annas und Mariannes Ankunft. Sie war sehr schmerzhaft und Marianne schrie und schrie, die Hebammen und ihre Mutter zeigten wenig Mitleid, im Gegenteil, sie lachten nur oder schimpften: „Hättest beim Kindmachen schreien sollen."

Sie halfen ihr nicht, keine liebevolle Zärtlichkeit auf diesem schmerzhaften Gang, nur Schuldzuweisungen und Geschrei. Dazwischen wurde Wasser geholt und abgekocht, eine warme Suppe aufgetischt, die anderen Familienmitglieder versorgt – das Leben ging weiter, stirb oder überlebe.

Für Anna, die dies alles mit ansah, war es ein Inferno aus Schmerz, Schreien, Weinen, bis endlich das Kind geboren war, sie war sich sicher gewesen, dass eine solche Folter eigentlich niemand überleben kann.

Ihre Schwester mit aufgelöstem Haar, die schönen Locken klebten an ihren Schläfen, das Kind, ein Bündel in ihrem Arm, Tränen auf den Kissen und der Geruch nach Blut.

Was sie niemals verstanden hat war, dass die anderen Frauen – ihre Mutter, die zwei uneheliche Kinder hatte, die Hebamme, die ihre alleine aufziehen musste – doch die Lust kannten, die dieses Kind auf den Weg gebracht hatte, diesen Schmerz unter der Geburt, diese Angst, wenn das Kind geboren ist – und sie halfen ihr nicht.

Sie waren keine Schwestern oder Mütter, sondern böse, rachsüchtige Frauen, vom Leben und der Liebe enttäuscht. Was hatte es denn genutzt zu lieben? Sie waren alleine gelassen worden, fühlten sich missbraucht, benutzt, die Schande wie ein Brandmal.

Die Romantik war gestorben im Überlebenskampf, alle Hoffnungen gescheitert, warum sollte es bei dieser Schwester anders sein – und wie recht sie hatten!

Schurl wurde benachrichtigt und kam aus Wien mit dem Zug angereist – ziemlich klein und verknittert wie immer. Nicht voller Freude, sondern voller Schuldgefühle.

Und doch liebte er seine schöne Frau über alles, er hatte ihr Schmerzen zugefügt, dass wusste er, und auch er fürchtete sich vor diesem neuen Leben mit einem unbekannten Wesen. Obwohl in seiner Welt wenig Zeit für tiefere Gedanken blieb, so fühlte er doch bereits sein Versagen.

Er fürchtete sich zuerst vor Mariannes Mutter. Es war ihm durchaus bewusst, dass er nicht der willkommene Schwiegersohn war.

Diese empfing ihn an der Tür mit den Worten: „Hast nichts anderes gewusst als ihr ein Kind zu machen, du Trottel."

Daraufhin gab sie diesem Männlein eine Ohrfeige und zusammen mit seinem Sohn war für die Familie „Schurl – der Trottel" geboren worden, wie er fortan immer genannt wurde.

Selbst Marianne übernahm diesen Namen und sprach nur so von ihrem Mann.

Sie hatte ihre Schönheit geopfert, er seine sowieso schon dürftige Männlichkeit und so verblieben sie in ihrer unglücklichen Ehe als Paar, ohne je voneinander lassen zu können.

Marianne starb früh, Schurl trauerte um sie wie ein Hund und blieb allein zurück in den Blumen, die sie in dem Hinterhof, in dem sie in ihren letzten Jahren ihre Wohnung hatte, um sich gepflanzt hatte.

Sein Versuch, sich zu Tode zu rauchen, bescherte ihm 84 Lebensjahre.

Rezept:
Erdäpfelgulasch Wiener Art
mit Burenheidl
(das ist eine Wurst aus Pferdefleisch)

Zutaten:

40 g Butter
200 g Zwiebel(n) (weiß)
20 g Paprikapulver (edelsüß)
1 EL Essig
250 ml Rindsuppe
800 g Erdäpfel (mehlige)
2 Stück Knoblauchzehen
1 EL Kümmel
1 Tl Majoran
Pfeffer
2 EL Sauerrahm
Petersilie (fein gehackt, zum Bestreuen)
Salzen nach Geschmack

Zubereitung:

Für das Erdäpfelgulasch auf Wiener Art Erdäpfel schälen und in kleine Stücke schneiden. Die Zwiebeln ebenfalls schälen und fein hacken. Knoblauch schälen und durch eine Knoblauchpresse drücken.

In einer Pfanne die Butter zum Schmelzen bringen und die Zwiebel darin kräftig anrösten. Mit Paprikapulver bestreuen, kurz mit anrösten, mit Essig ablöschen und die Suppe dazu gießen.
Die Erdäpfel einlegen und mit Knoblauch, Kümmel und Majoran würzen. Mit Salz und Pfeffer abschmecken.

Das Erdäpfelgulasch nun solange auf kleiner Hitze köcheln lassen, bis die Erdäpfel schön weich und der Saft sämig werden.

Vor dem Servieren noch den Sauerrahm unterrühren und mit fein gehackter Petersilie bestreuen.

Die Wurst zum Schluss einlegen und noch etwas darin anwärmen.

Blutiger Tanz

Kalt ist Wien. Der Winter in dieser schönen Stadt hat eine besondere Qualität. Fast quälend ist die Schönheit, wenn das Laub fehlt und die Farben, reduziert auf die Essenz, schwarz-weiß produzieren. Kahle Bäume, die Häuser grau, Parks mit zugefrorenen Seen, Einsamkeit und Getriebe, vereinzelt jeder Mensch.

Anna fror, die Strümpfe bedeckten ihre Schenkel, dazwischen milchweiße Haut, ein Strumpfband. Der Rock bedeckte gerade ihre Knie, die Mode dieser Zeit verlangte viel von den Frauen.

Ihre Stöckelschuhe erzeugten Musik auf den Straßen, ein Takt wie ein Herzschlag, wiegende Hüften, Vorfreude auf den Tanz.

Sie wartete auf die Straßenbahn, rot-weiß erschien sie aus dem Nebel, kühler Hauch des Atems.

Darin Wärme, viele Menschen, die sich finden und wieder verlieren auf einer kurzen Reise.

Die Frau mit einem Hut wie Schlamm, sie erzählt von ihrem Hund, der krank geworden ist; das Liebespaar, das mit seinen Blicken die verschlissenen Polster adelt; die Einsame, auf dem Weg nach Hause, wo niemand wartet als die Uhr; der Mann mit Aktentasche, versunken in seiner Zeitung und Anna – voller Jugendglühen – auf dem Weg zum Tanz.

Dort wartet einer, der sie wahrgenommen hat und sie freut sich und dreht sich im Stehen, während der Fahrt hält sie sich an der Stange und hört schon die Musik, ein Walzer vielleicht.

Herzen im Takt.

Sie war alles andere als hässlich, eine fragile Schönheit, zart gebaut, mit klassischem Profil, großen grünen Augen und einem sehr schönen Gang.

Beim Tanzen wurde sie immer wieder aufgefordert, sie ließ sich willig führen und lag in den Armen der Männer wie ein Traum, den jeder weiterträumen wollte.

Der eine wartete auf sie, sein Name war Jonathan, ihn reizte ihr Geheimnis, ihre Jungfräulichkeit.

Zärtlich umgarnte er sie an diesem Abend, in dem Lokal, dessen Schäbigkeit verblasste unter der Phantasie dieses jungen Mannes und dieser schönen Frau.

Die Musik spielte die Wiener Lieder, ein jeder konnte singen und sich wiegen.

Anna tanzte und er fühlte seine Männlichkeit, wie willig sie war.

„Komm, lass uns gehen, hinaus in den Park."

Die Stadt mit ihren Lichtern lächelt freundlich auf die Liebespaare, die am Donauufer entlanggehen, Hand in Hand und sich Gedanken gestehen, die sie eigentlich nicht zu denken wagen.

Wien ist eine laszive Stadt, sie räkelt sich und braucht Bewunderung, sie bietet sich an und lässt sich nehmen, vulgär im Hintergrund, keine feine Dame, ein Salon mit grünen Vorhängen und roten Wänden, ein Klavier und schöne Frauen, Männer in Anzügen, eine vergangene Zeit.

Und sie atmet, diese Stadt, und lebt aus den Schritten der Menschen, die in ihr gehen.

Der Junge weiß, wohin er will.

Ein Stundenhotel, ein Zimmer, nur immer ist jetzt, die Blüte der Jugend duftet.

Anna folgt ohne Arg, alle Filme werden wahr, denen sie mit klopfendem Herzen im dunklen Kino folgte – es endet immer mit einem Kuss, nicht wahr?

Und so begann es, in diesem Zimmer, sie wollte nicht mehr weg, seine Arme umschlossen sie und sie fühlte sich noch wie auf der Tanzfläche, ein wiegen, ein sich finden, Körper, die aneinander entlangstreichen, seine Hände, tastend … sie wollte sich ihm überlassen …

Die Tür wurde brutal aufgebrochen.

Hans, ihr Bruder, hatte ihr Weggehen bemerkt und durch die gute Kenntnis dieses Viertels sehr schnell herausgefunden, wohin dieser Galan seine Schritte gelenkt hatte.

Seine Brutalität war erschreckend – Jonathan, sein Freund, er schlug ihn blutig.

Am Beginn seiner Wiener Zeit war Hans Boxer gewesen, Anna hatte ihn kämpfen sehen. Seine Leidenschaft, seine Körperlichkeit lösten bei ihr nur Übel aus und sie ekelte sich vor diesen blutverschmierten Männern. Warum sich schlagen, das fragte sie sich?

Die Freundschaft der beiden Männer endete nicht mit diesen Schlägen, sie wurde neu definiert.

Hans zerrte Anna aus diesem Chaos – ihr jungfräuliches Blut mischte sich nicht mit dem Blut dieses Abenteurers.

„Warum denn, er hat mich doch nur geküsst?"

Hans gab ihr eine Ohrfeige, als Liebesbeweis.

Die Kälte hatte sie wieder.

Zwei Menschen, die sich liebten, ihr Leben lang. Bruder und Schwester an einem eisigen Tag.

Es war das letzte Mal, dass er sie beschützt hatte, wie früher, auf dem Schulweg, vor der Mutter, den Geschwistern, den Raufbolden auf der Straße, auf der sie spielten, ihr Hinweis auf ihren Bruder genügte und sie wurde in Ruhe gelassen.

Rezept:
Gulasch Wiener Art mit Semmel

Nach Erlebnissen welcher Art auch immer in den Straßen von Wien, sollte man in ein kleines Beisl einkehren, dort gibt es zu jeder Tageszeit ein kleines Gulasch. Es schmeckt köstlich und die letzten Reste kann man mit einer Kaisersemmel auftunken. Dazu am besten einen Gespritzten vom Heurigen oder ein kleines Bier und man ist für weitere Erlebnisse gestärkt.

Zutaten:

1 kg Waldschinken
1 kg Zwiebel
100 g Schweineschmalz
1 EL Rosenpaprika
1/4 l Wasser
30 g Salz
2 Zehen Knoblauch (zerdrückt)
1 EL Kümmel (gestoßen)
1 EL Majoran
3 El Tomatenmark
1 EL Mehl

Zubereitung:

Für das Gulasch zuerst die Zwiebeln mit der Schale für ca. 20 Minuten in Wasser einlegen, danach schälen und klein schneiden.
Schweineschmalz in einer Pfanne erhitzen und Zwiebeln langsam darin anrösten.

Zwischendurch das Fleisch zurechtschneiden, indem man die Sehnen entfernt. Das Fleisch zuerst in Scheiben, dann in Würfel schneiden.

Zu den Zwiebeln das Tomatenmark und den Paprika geben – kurz mitrösten lassen. Mit ein wenig Wasser aufgießen. Majoran, Kümmel und das geschnittene Fleisch dazugeben und zugedeckt auf kleiner Flamme dämpfen lassen.
Knoblauch klein hacken und salzen.

Gulasch bei Bedarf noch mal mit etwas Wasser aufgießen, mit Mehl stauben und gut verrühren.

Knoblauch hinzugeben und vor dem Servieren noch mal abschmecken.

In Wasser eingelegte Zwiebeln lassen sich leichter schälen, da sich die Schale besser löst.

Schmeckt nach mehrmaligem Aufwärmen noch besser!

Weihnachten in Raabs

Die Weihnachtszeit kündigte sich damit an, dass Tante Juli und Onkel Franz das Schwein schlachteten. Das ganze Jahr hatte es ein glückliches Dasein gehabt, wurde mit allem Verfügbarem gefüttert, auf die Wiese geführt und fühlte sich als Haustier, während es von seinen Hütern als wachsender Festtagsbraten und Garant für das Überleben in der Winterzeit angesehen wurde.

Die Kinder sahen mit grausiger Wonne der Schlachterei zu, das Mitgefühl wurde von der Vorfreude auf üppige Mahlzeiten verdrängt, das Schwein hauchte sein Leben im Hof der Baracke aus und fing an, sich in vielerlei Genüsse zu verwandeln.

In der Küche, die der Arbeits-, Wohn- und Lebensraum der Familie war, war schon alles vorbereitet. Die gesamten Bewohner halfen mit, es wurde Wurst gemacht, in großen Töpfen gesiedet, die Schweineteile zerlegt und in Bratenstücke zerteilt, jeder bekam seinen Teil und das große Tier wurde klein in den vielen Töpfen.

Grammlschmalz wurde zubereitet, ein nahrhafter Brotaufstrich in der Winterzeit, die

in dieser Gegend eine Macht der Kälte dar-
stellt.

In großen Pfannen wurde der Speck ausgelassen, angebraten, ein durchdringender Geruch nach Blut, Fett, Fleisch hing in der Küche.
Danach wurde das Fett in Gläser gefüllt und
in den Schnee hinausgestellt. Frauen, Kinder,
viele Hände, ein Wissen aus alter Zeit, um etwas Essbares herzustellen.

Das Schwein gab die Möglichkeit, der Kälte
etwas entgegenzusetzen.

Die Weihnachtszeit begann, wenn Annas Mutter anfing, Schokolade herzustellen. Eine Deli-
katesse für die Kinder, aus Kakao und Butter,
dazu Gewürze. Sie wurde auf dem Herd lange
gerührt, bis sie eine sämige Konsistenz erhielt,
in kleine Förmchen, die Engel, Sterne oder
Bäume darstellten, abgefüllt, um in der Kälte
der Winternächte zu einem Genuss zu werden, der auf der Zunge schmilzt, wie die
Schneeflocken, die die Kinder beim Schlittenfahren mit ihren Mündern einfingen, nur unendlich süßer und ersehnt als seltenes Geschenk in dieser armen Zeit.

Die Weihnachtszeit war da, wenn die Kinder
auf den kleinen, bunten Flickenteppichen un-

ter die Ehebetten rutschten – dort befand sich eine Ablage aus Brettern, das einzige Versteck in der winzigen Behausung –, um einige der selbstgebackenen Plätzchen zu stehlen, die für die Weihnachtsteller bestimmt waren.

Gestohlene Freuden, die Aufregung verdarb den Magen.

Anna war in dieser Zeit immer wieder krank, vor Vorfreude liebeskrank, ihr sensibles Wesen verkraftete diese außerordentliche Zeit nicht. Die Mutter konnte schimpfen, dass sie nicht schon als Kind gestorben war, sie lebte immer noch, wenn auch wie ein zitternder Vogel, dessen Herzschlag durch den zarten Körper fühlbar ist.

Der Großvater lebte in diesem Haushalt eine lange Zeit mit. Annas Vater war dagegen gewesen, ihn ins Armenhaus zu geben, welches das Altersheim in Wirklichkeit war. Und so schlief er nachts auf einer Liege in der Küche, in seinem ewigen Delirium aus Rum und Erinnerungen, was ihn jedoch zu einem besseren Menschen machte, als er es nüchtern je gewesen war. Er stammte aus Tschechien und der Rum war seine Verbindung zum Leben. Die Kinder mussten ihm seine tägliche Ration aus dem Kaufladen im unteren Dorf holen.

Seine Tochter, die Annas Mutter war, verdünnte sorgfältig jedes Fläschchen und goss den Rest in den Teig oder die Schokolade oder was sonst gerade hergestellt wurde, um die Mäuler dieser großen Familie zu stopfen.

Als Kind hatte sie diesen gewalttätigen Mann gefürchtet, jetzt konnte sie über ihn herrschen, er war ihr ausgeliefert wie sie einst ihm, und das brachte ihr eine späte Genugtuung.

Anna liebte es, bei ihm in der Küche zu schlafen. Dieser Raum war warm, der Ofen durfte nie ausgehen und sie legte sich an seine Schulter, atmete seinen süßlichen Duft.

Sie war der Stern seiner letzten Zeit, so lieb und leise kam sie zu ihm, dass die Zärtlichkeit für sie die Grausamkeit seiner wachen Zeit überdeckte, in der er sich erinnern musste, seine eigenen Kinder fast zu Tode geprügelt zu haben und seine Frau, durch fortwährende Schwangerschaften und Not, der Schwindsucht zum Opfer gefallen war.

Als er gestorben war, legte sich Anna zum allgemeinen Entsetzen auch zu seinem Leichnam, der in der Waschküche aufgebahrt war, um friedlich neben ihm zu schlafen, womit sie ihre endgültige Verrücktheit für ihre Familie bewies und sich selbst die Natürlichkeit des Todes und die Unvergänglichkeit der Liebe.

Weihnachten war da, wenn man nicht mehr wusste, wohin.

Am Vormittag wurde gebadet.

Zuerst musste Wasser geholt werden. Mit dem Schlitten fuhr man zum Brunnen, ein Tuch bedeckte den Wasserzuber, der völlig eingefroren war von den Spritzern der Fahrt, bis man wieder bei der Baracke war. Es lag immer Schnee und die Kinder trugen Schuhe aus Holz, die ihnen der Großvater geschnitzt hatte.

In der Küche wurde der Kessel beheizt, das Wasser auf Abbrüh-Temperatur, dann alle Kinder der Reihe nach geschrubbt und gesäubert, zuletzt die Eltern, alle im selben Wasser.

Danach gab es frische Wäsche und Festtagskleidung, was klar machte, dass man an diesem Tag nicht mehr zum Schlittenfahren oder zum Spielen ging und so hing man verloren im Warten.

Mittags gab es eine Suppe, dann war der Tag schon halb geschafft, ab diesem Moment durfte man nicht mehr ins Schlafzimmer, das Christkind ging jetzt um.

Nur an diesem Tag wurde das Schlafzimmer beheizt, in dem sonst die Eisblumen blühten, und wurde so zu einem Festsaal, der kleine Baum auf dem Tisch in der Mitte in seinem Kleid aus Lametta und süßem Schmuck erglühte in festlicher Freude.

Die Kinder wussten nicht wohin und so ging man von Wohnung zu Wohnung, überall im Weg und doch der Mittelpunkt, denn für diese kleinen Wesen wurde Weihnachten zelebriert.

Am Nachmittag gab es Tee mit Rum, der Geruch erfüllte den ganzen Raum, und für die Kinder heiße Schokolade. Anna rührte heftig, wenn sich eine Haut bilden würde, wäre die Übelkeit vorprogrammiert, dazu Mohnstrudel, nur an diesem Tag, ein schweres Gebäck, das sättigt und leicht benommen macht.

Und es war immer noch nicht Abend.

Draußen war es dunkel geworden, die Kinder durften auf dem Herd Kartoffelscheiben rösten. Ganz still saßen sie beisammen, der Blick in die Flammen der offenen Ofentür gerichtet, ein jedes dachte an seine kleinen Wünsche und wie aufregend es war, überhaupt zu wünschen.

Dieses Feuer war hart erarbeitet worden.

Am frühen Morgen hatten die Brüder das Holz gespalten, die Mädchen während des Tages die Glut am Leben gehalten.

Nun träumten sie still in der Wärme, die Kartoffeln brutzelten und dufteten. Eine knusprige Leckerei, um die Zeit zu vertreiben, die ganz besonders heute so träge schien.

An einem dieser Heiligabende kam ihr Bruder Sepp aus der Kriegsgefangenschaft heim.

Ein Wanderer durch Eis und Schnee, stand er plötzlich in der Tür.

Die Freude war so groß, so unbeschreiblich, die Angst, das Warten, erhöhten diesen Moment in ein Gefühl des gemeinsamen Glücks, das mit Worten nicht zu fassen war.

So hager stand er inmitten aller Zärtlichkeiten, wie ein Geist, der sich beinahe unter diesem Überschwang wieder auflöste. So selbstverständlich nach Hause zu kommen, zu wissen dorthin, wo immer die Liebe der Mutter, der Familie wohnt, das hatte ihn aufrecht gehalten, und er hatte sich nicht getäuscht.

Sein Platz war da, seine Sehnsucht erfüllte sich an diesem Heiligabend.

Weihnachten war, wenn die Glocke läutete und das Christkind da gewesen war.

Anna war immer von diesem Engel zutiefst überzeugt gewesen.

Der kleine Baum erstrahlte. Für die Kinder gab es jeweils einen Weihnachtsteller aus bemalter Pappe, gefüllt mit selbstgebackenen Plätzchen – es waren den Räubern doch noch einige entgangen –, einem roten Apfel, sorgsam poliert, sowie Nüssen und in seltenen Fällen einer Orange aus südlicheren Gefilden.

Anna konnte vor lauter Aufregung wenig davon essen und ihre Geschwister verstanden es geschickt, ihr den Rest abzuluchsen.

Sie stand im Zauber des Lichts, schon satt vom Schauen und der Magie der Gemeinsamkeit, der Wärme in diesem Raum.

Nie wieder war ein Kleid so schön wie das Geschenk der selbst gestrickten Mützen, Handschuhe oder Schals, die sie erhielt und sich darin einhüllte, wenn die Fahrt zur Christmette begann.

Die Eltern blieben zu Hause, zu wenig Zeit blieb ihnen für sich allein, die Kinder fuhren mit dem Schlitten.

Die Nacht war hell durch den Schnee, vereinzelt Laternen, in den Fenstern sah man die Christbäume stehen und jede Stube verströmte die Geborgenheit einer Familie.

Man fuhr hinunter ins Tal, überall Menschen unterwegs, dann ging es steil bergauf zu der festlich erleuchteten Kirche. Eiskalt die Nacht, das Gotteshaus erwartete sie mit ihrer Wärme.

Im Schiff stand jedes Jahr ein riesiger Weihnachtsbaum und für Anna war klar, dass es Engel waren, die diesen geschmückt hatten.

Es waren so viele Menschen anwesend, dass man dicht gedrängt stand, alle in neuen Gewändern, um gemeinsam die Messe zu feiern. Die Klänge der Orgel rauschten durch die Kirche, die Musik, das Gebet vereinten sie, die ewigen Weisheiten und Wunder der Weihnachtsgeschichte öffneten die Seelen der Gläubigen. So mancher hatte schwer zu schlucken an ungeweinten Tränen und manches Herz war klein und einsam, weil es sich nicht einmal mehr zu wünschen wagte.

Die Kerzen verbreiteten ihren milden Schein und Anna wurde so tief berührt, dass sie ihre unbenannte Trauer bei „Stille Nacht" so heftig ausweinen konnte und leichter dabei wurde. Heute, nein, heute würde ihr nichts mehr geschehen als stiller Friede – und dann war Weihnachten.

Rezept:
Mohnstrudel

Zutaten:

150 g Butter
1/4 l Milch
1 Würfel Germ (Hefe)
60 g Zucker
2 Stück Eidotter
600 g Mehl
etwas Salz
Zitronenschale
1 Ei (zum Bestreichen)

Für die Fülle:

3/16 l Wasser
50 g Butter
150 g Zucker
60 g Powidl (Pflaumenmus)
etwas Zimt
60 g Brösel
300 g Mohn (gemahlen)
150 g Rosinen
etwas Rum

Zubereitung:

Zerlassene Butter mit lauwarmer Milch vermengen und mit den übrigen Zutaten zu einem mittelfesten Germteig verarbeiten. Teig an einem warmen Ort gehen lassen.
Für die Fülle Wasser, Butter, Honig, Zimt und Powidl erhitzen. Brösel zugeben, kurz aufquellen lassen und vom Herd nehmen. Mohn und Rosinen einrühren, überkühlen lassen und mit Rum abschmecken.

Den Teig in drei Teile teilen, ausrollen, mit Fülle bestreichen und einrollen. Mit Ei bestreichen und auf einem befetteten oder mit Backpapier ausgelegten Backblech bei 170°C ca. 40 Minuten backen.

Weihnachten in Wien

Marianne war ein romantisches Wesen und das romantischste Fest von allen ist Weihnachten. Das ganze Jahr sparte sie sich buchstäblich vom Munde die Groschen ab, um sich neuen Schmuck für den Weihnachtsbaum beziehungsweise den Baum als solchen, welcher in der Stadt zu horrenden Preisen gehandelt wurde, leisten zu können.

Ihre Lebensumgebung bestand aus zwei kleinen Zimmern, die sie mit ihrem Mann „Schurl – dem Trottel" und den drei Kindern teilte.

Sie wurde von Schlaflosigkeit getrieben und während ihre Familie schlief, putzte und pusselte sie an dem Puppenhaus ihrer Wohnung oder buk winzige Plätzchen aus Vanilleteig.

Ihre übliche Hauskleidung waren bunte Schlafröcke, unter denen sie nur ihre Wäsche trug, Lockenwickler und immer eine Zigarette.

Sie war, wie ihre Mutter, Hausbesorgerin in diesem alten Wiener Altstadthaus. Es war nicht nötig, nach den Bewohnern zu sehen, denn ständig kam jemand vorbei und erzählte oder verweilte einfach auf einen Kaffee.

Am Vormittag des Heiligabends wurden die Haare gewaschen, die Nachbarin kam, um sich Locken machen zu lassen, Marianne war bekannt für ihr Geschick.

In dieser armseligen Welt wurde die größte Sorgfalt auf ein gepflegtes Äußeres gelegt, die Würde der eigenen Person niemals aufgegeben.

Locke für Locke wurde aufgewickelt, mit Zuckerwasser bestrichen für die Haltbarkeit und mit Plastikspießen rund um den Kopf festgesteckt, bis die Person an eine Figur von einem anderen Stern erinnerte oder ein wissenschaftliches Experiment.

Dazu trank man Kaffee und rauchte, die Nachbarin erzählte von ihrem Mann.

„Jeden Morgen will der Franz Sex mit mir, stell dir vor Mariann, ich leg mich halt hin und les nebenher meine Hefterln."

Ihre Romane, in denen die Liebe so romantisch und mindestens unerreichbar bis zum Happy End erscheint.

„Es macht ja nichts aus, er braucht es halt, der Franz, und so lang dauert es bei ihm ja nicht. Dann ist er schon ganz froh am Morgen und ich schmier ihm noch seine Brote für das Amt. An jedem Tag ein frisches Hemd."

Ja, er ist ein guter Mann, ihr Franz.

Sie wohnten im 18. Bezirk, Schluchten aus alten dreckbraunen Häusern. Im Winter das Fensterpolster zwischen den beiden durch ein Bord getrennten Fenstern, um den kalten Wind aus dem Osten etwas abzuhalten.

„Schurl – der Trottel", ein Erzkommunist, mit seiner Fistelstimme war er bereit, alle Parolen aus sich herauszuquälen. Er arbeitete als Drucker bei der kommunistischen Zeitung Wiens und fühlte sich berufen, die Welt zu verbessern, von der er nur den 2. und den 18. Bezirk Wiens kannte.

In dieser Welt schlug er seine Kinder und schickte sie hungrig zu Bett, seine weinerlichen Söhne und seine rothaarige Tochter, deren Abenteuerlust er nicht brechen konnte und die später wild um sich schlug in ihrem Leben, um doch die Fehler ihrer Mutter zu wiederholen.

Seine Frau jedoch liebte er über alles.

Am Geld mangelte es immer und so kam dieser unglückliche Mensch auf die Idee, die Eheringe ins Pfandleihhaus zu tragen, um seiner Marianne die Pelzkappe, welche damals ihr innigster Wunsch war – man konnte sich wie eine Dame fühlen unter diesem Monstrum, die Haltung wurde automatisch königlich, um von diesem Ding nicht erdrückt zu werden –, zu Weihnachten zu kaufen.

Am Heiligabend, der Baum war überaus prachtvoll geraten in diesem Jahr, überreichte er ihr sein Geschenk und sie weinte Tränen der Rührung, nicht ahnend, welches Pfand dafür gegeben worden war.

Die Familie, welche jetzt komplett in Wien lebte, versammelte sich am Heiligabend bei der Mutter.

Es gab gebratenen Fisch und Kartoffelsalat. Der Geruch des Fisches war nichts für feinsinnige Gemüter in einer kleinen Küche, in der etwa 15 Personen anwesend waren. Doch dem Appetit tat das keinen Abbruch. Als wären ausgehungerte Wölfe am Werk, war in kürzester Zeit alles verputzt und noch genügend Platz für Weihnachtsgebäck und Liköre …

Wie in Raabs, stand der Baum im Schlafzimmer und die anwesenden Kinder erlagen der Faszination des Baumes, besonders der Süßigkeiten, mit denen der Baum förmlich überladen war.

Sie bestanden aus einem Zuckerzeug in Schokolade, dies wurde von ungarischen Händlern feilgeboten und nackt gekauft, dann zu Hause sorgfältig in silbernes, goldenes oder rosa Stanniol gewickelt wie große Bonbons und die Enden fein mit der Schere in Streifen geschnitten. Daneben Weihnachtsbäume aus Schokolade, ein Krampus aus Rosinen und Nüssen lag immer unter dem Baum. Nicht fehlen durfte der silberne Wipfel, dafür musste der Baum stets seinen Kopf lassen, und Berge von Lametta sowie alte, glänzende bunte Glaskugeln, in denen sich das Licht der Kerzen spiegelte.

Selbst gemachter Eier- und Nusslikör wurde serviert, dazu buntes Schaumgebäck, das man nur zu Weihnachten in Pappschachteln auf den Märkten kaufen konnte und der Geschmack der feuchten Pappe verlieh dieser Speise seinen speziellen, Übelkeit auslösenden Charakter.

An Weihnachten wurde das Puppentheater aufgebaut und der Vater konnte sein lyrisches Talent, welches sich viel später darin zeigte, dass er alle Briefe an Anna in Gedichtform schrieb, entfalten und er spielte in dem dunklen, von Kerzen erleuchteten Raum ein Traumspiel, vor welchem die Kinder wie verzaubert saßen.

Dann kam der Umzug – Bäume anschauen – alle Türen im Haus standen offen und man ging umher von Wohnung zu Wohnung und bewunderte den Baum der Nachbarn. Auf die Idee mit dem selbst gemachten Likör waren auch die anderen Hausbewohner gekommen und zu jeder Baumbewunderung gehörte ein Glaserl, welches es irgendwie noch zu bezwingen galt.

Die Kinder wurden zeitweilig vergessen und fanden sich in fremdem Wohnungen halbschlafend und benebelt wieder, versunken im Lichterglanz der Kerzen. Irgendwann sammelte man sie unter zärtlichem Geschimpfe wieder ein und spät in der Nacht fand jeder in sein Bett, welches sich leicht in ein überzuckertes Karussell verwandeln konnte.

Am ersten Feiertag war Schweinebraten-Tag bei Marianne.

Man versammelte sich am späten Vormittag, um wieder einer handfesten Mahlzeit gewahr zu werden, auf all die Süßigkeiten konnte es jetzt nur deftig kommen.

Der Appetit der Wiener ist einfach unglaublich und verlangt viel von Besuchern ab, übertroffen wird er nur noch von den Ungarn, die jedoch freiwillig verdauungsfördernde Maßnahmen durch genügend Alkohol anbieten.

Die kleine Wohnung quoll über von Besuchern und Mänteln, Geschenken und Gestreite, die Sache mit den Eheringen war schon herausgekommen, auch andere Hausbewohner erschienen und brachten praktischerweise gleich ihre Teller und Besteck mit, Mariannes Schweinebraten war legendär

Dazu Waldviertler Knödel, Krautsalat und eine unübertroffene Sauce. Gewürzt mit Kümmel und Knoblauch hatte dieser Braten genügend Zeit zum Schmoren gehabt, eine riesige Kasserolle stand in der Küche und jeder Teller wurde gefüllt.

Man saß am Tisch, auf Stühlen, den Betten, die Teller auf den Knien und in dem Geschmause und Geträller der Stimmen fiel es fast nicht auf, dass die Nachbarin noch immer die Wickler auf dem Kopf trug.

Ohne die obligatorische Malakoff-Torte, in Rum eingelegte Löffelbiskuits in einer Buttercreme, dazu ein starker, türkischer Kaffee, wäre das Festmahl nicht vollkommen gewesen und wehe, man hätte abgelehnt. Dazwischen erschienen immer wieder Nachbarn.

„Geh Frau Maier – ihr Baum, so schön wie dieses Jahr war er noch nie."

Und Marianne überlegte schon, in welcher Farbe sie im nächsten Jahr ihr ganz persönliches Fest feiern würde, das ihren bescheidenen Platz im Leben zur Bühne werden ließ.

Am Stefanitag fuhr man zur Tante Elfi. Die hatte es mit Annas Bruder als Mann, schließlich Polizist, zu mehr gebracht und allein die Wohnung, wenngleich auch nicht viel größer, zeugte mit ihren Kristalllüstern und den schönen Möbeln von einem gehobenen Stil, der für diese Frau den Sinn ihres Lebens ausmachte.

Hier wurde anders gekocht, jedoch genauso viel und gierig gegessen. Am Tisch ließ sich durch die Blume so manche Spitzfindigkeit bemerken und die Stimmung erreichte bis zum Kaffee, dem wieder mitsamt der Torte reichlich zugesprochen wurde, seinen Nullpunkt.

Dann brach man auf, es wurde auch Zeit, in der Straßenbahn konnte man endlich über die Tante lästern.

„Ja, und das Gemüse hat sie eh aus dem Glaserl genommen, ich habe es genau gesehen, der Braten liegt mir so schwer im Magen und den Kaffee vertrag ich auch gar nie bei der. Die Torte war bestimmt vom Bäcker, die Creme war so künstlich, und überhaupt, hast du den neuen Luster gesehen? Der Hans hat gesagt, geweint hat sie wegen dem, weil sie sich nicht entscheiden konnte, welchen sie nehmen soll, die Depperte, unsere Sorgen sollt die haben."

Anna blieb stets still, wenn ihre Mutter solche Sätze strickte, es klang in ihren müden Ohren wie die Nadeln, mit denen sie am Abend vor sich hin klapperte.

Sie sah lieber hinaus in die weihnachtlich beleuchtete Stadt, vorbei am Rathaus ging die Fahrt, ein riesiger Baum stand wie jedes Jahr davor. Viele Leute in den Straßen, an Stefani ging man sich besuchen, da gab es kein Erbarmen, ganze Familien unterwegs, friedliche Stille, nein, Geselligkeit wurde gesucht.

Sie dachte an die Kirche in Raabs und an die Stille Nacht, in ihrer Andacht fühlte sie ihre Ohnmacht, diese Stadt und das Gebrause, die Familie wie ein Überfall.

Und Weihnachten war, wenn die Sehnsucht nach der Kindheit kam, nach Schneeflocken so weiß und Geborgenheit.

Rezept:
Schweinebraten Marianne

Zutaten:

*2 kg Schweinsbraten (Schopfbraten,
Schlegel oder Karree)
2 EL Salz
1 EL Kümmel
3 Knoblauchzehen*

Zubereitung:

Backrohr auf 120 °C vorheizen.

*Knoblauch pressen, mit Kümmel und Salz
zu einer Paste mischen. Den Schweinsbraten damit großzügig einreiben. Braten in
einen Bräter legen und im Ofen 3 Stunden
braten, zwischendurch immer wieder mit
ausgetretenem Bratensaft begießen.*

*10 min vor Garende den Grill dazuschal-
ten und die Temperatur auf 180 °C erhö-
hen, damit der Braten außen knusprig
wird.*

Mit dem ausgetretenen Bratensaft (Bratl-
fett'n) – der im erkalteten Zustand auf
Schwarzbrot gestrichen wird –, Semmel-
knödeln und gedünstetem Kraut (warmer
Krautsalat) servieren.

Die Blumenverkäuferin

Die Schulgasse liegt im 18. Bezirk von Wien. Ein altes Viertel mit hohen Häusern, in denen unzählige Parteien in winzigen Gehäusen nebeneinander, übereinander, miteinander wohnen. Privatleben wird ersetzt durch erzwungene Gemeinschaft.

Manche Wohnungen haben gemeinsam nur eine Toilette auf einem Stock und fließendes Wasser gibt es im Gang aus einer Art Waschbecken, das in die Wand eingelassen ist. Man trifft sich im täglichen Ablauf des Tages auf den dunklen Fluren, in riesigen, stets kühlen Treppenhäusern.

Die Häuser sind im Karree gebaut, der letzte Anstrich lag wohl hundert Jahre zurück und der Putz hatte die graubraune Farbe des Rauches, der aus den Schornsteinen stieg, angenommen.

Es gibt Hinterhäuser für die noch Ärmeren, in welche fast nie ein Sonnenstrahl dringt. Die Innenhöfe sind oft liebevoll gepflegt, selbst in den trübsten Situationen neigt der Mensch dazu, seine Höhle zu schmücken. Blumentröge mit Oleander, manche mit Kräutern, dazwischen Wäschestangen, an denen winters wie sommers Wäsche hängt. Man trifft sich auch hier, die Kinder spielen zwischen den hohen Wänden, Alleinsein ist unmöglich.

Annas Mutter war Hausmeisterin in einem dieser Häuser, eine verantwortungsvolle Stellung, die sie mit Würde bekleidete. Besonders schätzte sie es, zu allen Wohnungen einen Schlüssel zu besitzen.

Die Wohnung bestand aus zwei Zimmern, einem Schlafzimmer und einer großen Küche. Es gab eine eigene Toilette in einem winzigen Verschlag, der an die Küche angebaut war, das Wasser musste jedoch auch hier vom Gang geholt werden. Die Wohnung lag im Erdgeschoß und die Sonne fand nur an hohen Julitagen ihren Weg in diese Zimmer, wodurch sie immer etwas feucht und modrig wirkten.

Jeden Morgen ging Anna, die damals achtzehn Jahre alt war, sehr früh die Schulgasse hinunter, bog in die Währinger Straße ein, um nach etwa zwei Kilometer Fußweg zu ihrer Arbeitsstelle zu gelangen.

Dazwischen lag ein kleiner Park, manchmal ging sie beim Rückweg hindurch und setzte sich an den Teich, um etwas alleine zu sein.

Sie arbeitete in einer Bäckerei, die schon in der dritten Generation geführt wurde. Die

Einrichtung des Ladens sprach von Tradition und Handwerkskunst, Stolz auf Arbeit und Geschick im Umgang mit den verwöhnten Kunden dieses Viertels.

Ihre erste Aufgabe des Tages bestand darin, zusammen mit dem Lehrling auf einem Fahrrad die Villen der Gegend zu beliefern.

An den Türen dieser schönen Häuser, der Weg führte durch gepflegte Parks, hingen Leinensäckchen, in welche die Papiertüten mit den Backwaren hineingelegt wurden. Sie fragte sich, welch schöne Menschen an gedeckten Tischen wohl auf ihr Frühstück warteten oder noch schliefen und nicht im Halbdunkel bereits unterwegs waren.

Diese Runde dauerte etwa eine Stunde.

Wieder zurück, zog sie den blauen Rock, die weiße Bluse und die gestärkte Schürze mit den Rüschen an, um im Verkauf die Kunden zu bedienen.

Vor ihr lagen die luftigen Brioche-Kipferln, glänzend bestrichen mit Eiweiß, runde Semmeln, lange Semmeln, goldgelb, Kaisersemmeln, deren Besonderheit es ist, dass sie stets von Hand geformt werden müssen.

Am Vormittag herrschte reger Betrieb.

Zu dieser Zeit erschien ein Gesetz mit dem Verbot, dass die Bäcker nicht mehr um 11 Uhr abends beginnen durften, was zur Folge hatte, dass die Bäcker ihre Fenster verhängten und fast im Dunkeln ihrem Handwerk nachgingen.

Natürlich flog die Sache auf und es blieb nur der überall probate Weg des Bestechens, der aus monetären Gründen und der Launigkeit des Beamten, speziell eines österreichischen Beamten!, nicht lange durchgehalten werden konnte.

So traten in dieser Zeit die ersten Maschinen auf den Plan, die nach und nach die Handarbeit ersetzen sollten. Der schiere Zeitmangel trieb die Bäcker zu diesen Investitionen und im Nachhinein fragt man sich, wie viel mehr Bestechungsgeld wohl von Seiten der Maschinenbauer geflossen sein muss, um dieses unsinnige Gesetz auf den Weg zu bringen.

Die Kaisersemmel jedoch wurde stets von Hand geknetet, gerollt, eingekerbt, besprengt und gebacken, liebevoll wurden die delikaten Waren in Körben präsentiert. Wie Schmuck in dieser Umgebung aus dunklem Holz, funkelndem Glas und kupfernen Kaffeebehältern.

Jeden Tag erschien Hans Moser, vielen aus seinen Wiener Filmen bekannt, die ein etwas eigenwilliges Porträt dieser Stadt transportieren, mit seinem Dackel.

Stets übel gelaunt und sich seiner Berühmtheit bewusst, vollzog sich das Ritual, ob die Semmel auch „resch", gemeint ist knusprig, genug sei. Mit seinen dicken Wurstfingern befühlte er die Backwaren als wären es kleine Brüstchen und Anna fühlte sich immer angewidert von diesem kleinen Mann.

„Höflich musst sein den Kunden gegenüber."

Und das war sie ja auch, niemals hätte sie ihre Ungeduld, ihren Ekel, über die Marotten der Kundschaft gezeigt.

Eine weitere Aufgabe für Anna war das Kochen für alle Personen in diesem Haushalt. Gemeinsam wurde zu Mittag gegessen, es waren zwischen acht und zwölf Personen anwesend und es wurde deftig gegessen in dieser süßen Welt.

Der Sohn des Hauses, der einmal die Bäckerei übernehmen sollte, hatte ein Auge auf dieses zurückhaltende, hübsche Mädchen geworfen und auch er gefiel ihr ausnehmend gut. Sie strengte sich an, besonders gut zu kochen, wusste sie ihn doch stets am Tisch.

Die junge Liebe der beiden ging auf wie der Hefeteig in der Backstube und gipfelte in Händchenhalten in der Mittagspause, als sie bei ihm in seinem Zimmer auf dem Bett saß und sie zärtlich schwiegen, da jedes Wort sie weitergeführt hätte, in eine Welt der Körperlichkeit, für die diese Liebe zu jung und zu unschuldig war.

In jenem Winter trafen sie sich oft auf dem Friedhof im 18. Bezirk, er fuhr Motorrad und holte sie aus dem Park ab, sie gab vor ins Kino zu gehen. Ihr verliebtes Herz musste den Rest ihres Körpers wärmen, der bei eisigen Temperaturen im Schnee in Stöckelschuhen stand.

Sie küssten sich und hielten sich fest umschlungen, niemand vermutet ein Pärchen auf dem Friedhof, und genossen diese Augenblicke ihrer kurzen Liebe.

Am Nachmittag verwandelte sich die Bäckerei in eine Konditorei, Annas Aufgabe war es auch, in der Backstube zu helfen.

Eine Spezialität des Hauses war der Apfelstrudel. Hauchdünn musste der Teig ausgezogen werden, so dünn, dass man eine Zeitung darunter lesen kann.

Ihre feinen Hände beherrschten diese Aufgabe bald meisterlich und sie hatte Freude an dieser Arbeit, zumal Thomas stets in ihrer Nähe war und es immer eine Möglichkeit für eine Berührung gab.

Auf den Teig wurden Semmelbrösel, frisch gemahlen, gestreut, duftender Zimt, Rosinen, darauf die fein geschnittenen Äpfel. In einem Leinentuch wird der Strudel zu einem handlichen Päckchen gerollt, zusammengedrückt, mit Eiweiß bestrichen und wunderbar goldgelb nur kurz gebacken.

Die Enden durften vom Personal gegessen werden, direkt aus dem Ofen, noch warm aus der Hand, die heißen Apfelstückchen brannten auf der Zunge und der Zimt erwärmte den Magen.

Am Nachmittag waren die Semmeln verschwunden und die Auslagen waren bestückt mit Punschkrapfen, deren rosa fast vulgär ist, dunkel glänzender Sachertorte, Nussbeugerln, Hefegebäck mit Rosinen und der Spezialität des Hauses: Apfelstrudel – auf langen Holzdielen, über die weiße Tücher geschlagen wurden. Feiner Puderzucker überdeckte diese leichte und doch so sinnliche Süßigkeit, frisch und schnell sollte er verzehrt werden.

Am Abend war kein Krümel von all den Leckereien mehr zu finden.

Die Ehe mit Willi war eine Farce.

Sie hatte Willi, so hieß ihr Mann, beim Tanzen kennengelernt. Ihre Freundin Mietzi, mit der sie in ihrer Kindheit Ziegen gehütete hatte, war ebenfalls nach Wien gezogen, hatte bereits geheiratet und sie stellte Anna Willi, der ein Freund ihres Mannes war, vor.

Entschlussfreudig, ohne viel nachzudenken, wie Anna Zeit ihres Lebens war, entschloss sie sich zu dem Abenteuer der Ehe, in erster Linie um von zu Hause wegzukommen und so heiratete sie. Es gab sogar ein Foto von ihr im Brautkleid an der Seite dieses windschiefen Mannes.

Sie zog zu Willis Familie.

Dass Thomas sie heiraten könnte erschien ausgeschlossen, die Bäckersleute hatten bereits nach einer geeigneten Partie für ihren einzigen Sohn Ausschau gehalten und Anwärterinnen gab es genug.

Zusammen mit seinen vier Brüdern und seiner Mutter wohnten sie nun gemeinsam in einer winzigen Wohnung im 2. Bezirk.

Willis Mutter war schon lange verwitwet und hatte ihre Kinder allein großziehen müssen. Die Rente ihres verstorbenen Mannes reichte nicht zum Überleben und so besserte sie ihren Lebensunterhalt damit auf, dass sie Blumenverkäuferin vor Kirchen oder Friedhöfen wurde. Sie war eine kleine, resolute Frau, die immer viele dicke Röcke übereinander trug, eine Schürze aus blauem Tuch darüber, eine Strickjacke und ein blaues Kopftuch.

Ihre Spezialität waren Veilchensträuße, die am Abend am Tisch zusammen von den vier Brüdern, und nun auch Anna, angefertigt werden mussten. Sie kaufte die Veilchen als mindere Ware, sodass diese erst verlesen, ihre Länge angepasst, sodann zu kleinen Sträußchen gebunden und mit grünen Veilchenblättern umrahmt werden mussten. Als Krönung erhielten sie eine weiße Manschette, wie man sie auch bei feinen Backwaren und Biedermeiersträußen findet.

An den Sonntagen, wenn Anna nicht arbeitete, musste sie ihre Schwiegermutter zur Tabor-Kirche begleiten, um die Sträußchen anzupreisen. Sie hasste diese Sonntage und fühlte sich das erste Mal wirklich ausgenutzt.

Der Duft der Veilchen schwängerte die Luft an den Abenden, alles roch bald nach diesen kleinen, unscheinbaren und doch so intensiven blau-lila Blumen.

Währenddessen servierte die Blumenverkäuferin Kartoffelsuppe, um ihre Arbeiter bei Kräften zu halten. Die Brüder übertrafen sich mit dem Necken des jungen Paares und die Zoten wurden immer dreister. Anna schwieg, sie verstand die meisten Witze nicht und hing lieber ihren Gedanken nach.

Sie fühlte sich unbehaglich, für Willi empfand sie bestenfalls Sympathie und die Idee, von zu Hause fortzukommen, um mehr Freiheit zu erlangen, hatte sich als kompletter Trugschluss erwiesen.

Ja, und dann war noch der Vollzug der Ehe – er stand noch unerfüllt im Raum.

Nach Beendigung der Arbeit schliefen alle in einem Zimmer, die vier Brüder, die Schwiegermutter, Anna und ihr Mann. Die Brüder kicherten unentwegt und lauschten, ob und wann denn endlich verdächtige Geräusche zu hören wären, doch die Brautleute lagen nur still nebeneinander, ihre Körper waren ihnen vollkommen fremd und es fehlte die gegenseitige Liebe, die blind den richtigen Weg gefunden hätte.

Diese Geschichte brachte jedoch Kümmernis für beide, man hatte ja gehört, „das" gehöre wohl zwingend dazu und Anna entschloss sich in ihrer Not, ihre Mutter zu fragen.

Diese resolute Frau gab ihr daraufhin eine schallende Ohrfeige – was ihr denn einfiele, ihre Mutter nach dieser Sauerei zu befragen.

Es war ihr wohl in diesem Moment entfallen, dass sie zwei Kinder mit in die Ehe gebrachte hatte.

Nein, es war einfach undenkbar, vor lauter Scham und falsch verstandener Moral, über Sex – welch ein Wort – zu sprechen.

Und Willi war zu feige oder zu anständig, um zu den Huren zu gehen und sich professionellen Rat zu holen.

So blieb dieser Zustand in der Schwebe und die gute Laune erhöhte sich nicht dadurch, dass Willi hinter Annas heimliche Liebe zu Thomas kam, mit dem sie nach wie vor in der Mittagspause Händchen hielt, ohne sich im Geringsten etwas Böses dabei zu denken.

Willi bevorzugte die radikale Methode und Anna musste ihre Arbeit Knall auf Fall aufgeben, was einen überaus tränenreichen Abschied von Thomas nach sich zog – von dem sie nicht wusste, dass er für immer sein sollte.

Willi und Anna zogen wenig später in ein sehr schmuckloses Mietshaus in der Währinger Straße, die Zeit dort währte jedoch nur kurz.

Sie lebten nach wir vor wie Bruder und Schwester, leider nicht so liebevoll, und Anna begann in Gedanken, nach einem Ausweg zu suchen.

Eines Morgens besuchte sie ihre ehemalige Arbeitsstelle, um Semmeln einzukaufen und einen kleinen Besuch zu machen, ihr Weggang war erst etwa sechs Wochen her.

Sie fand die Bäckersfamilie nicht vor, jedoch eine der Verkäuferinnen und sie vernahm mit steinernem Schreck die Nachricht vom Tod des einzigen Sohnes Thomas.

Er war am Vorabend mit seinem Motorrad auf der kurvenreichen Straße hinauf zum Kahlenberg tödlich verunglückt.

Sie hatte ein Gefühl, als hätte ihr jemand mit einem Ruck den Boden unter den Füßen weggezogen. Er war für sie, so unerreichbar er auch geworden war, der Fluchtpunkt ihrer Phantasie, doch irgendwo noch anwesend, ein atmendes Wesen so warm. Sie erinnerte sich an die Friedhofsabende, an seine Arme, die sie noch um sich zu fühlten glaubte, seine schönen Hände, die die ihren hielten und streichelten.

Der Schmerz trieb sie zu der Stelle auf dem Friedhof, an dem sie mit ihm gewesen war und sie weinte die unsäglich bitteren Tränen der verlorenen Liebe, von denen man glaubt, sie würden niemals trocknen und danach käme nichts mehr.

Doch man muss aufstehen und das tat sie auch. Thomas Tod hatte ihre Entscheidung besiegelt.

Noch am selben Abend verließ sie ihren Mann, der er eigentlich nie gewesen war, ging für eine kurze Zeit zu ihren Eltern, was dort natürlich nicht gern gesehen war, hatte sie doch Schande über die Familie gebracht.

Bald darauf verließ sie Wien für immer und wurde eine Reisende, eine Abenteuerin, die nicht wusste, dass diese Entscheidung das Rad ihres Schicksals erst so richtig in Schwung bringen sollte.

Rezept:
Apfelstrudel

Zutaten:

150 g Weizenmehl (glatt – oder feines Dinkelmehl)
15 g Öl (etwas Sonnenblumenöl)
80 ml Wasser (lauwarm)
1/2 TL Essig (oder Weißwein oder Most)
1 Prise Salz
Mehl (zum Verarbeiten)
Öl (zum Bestreichen beim Rasten)

Zubereitung:

Für den Strudelteig die möglichst exakt abgewogenen Zutaten alle zusammen am besten in eine Schüssel geben und mit einer Teigkarte oder Teigspachtel von innen nach außen langsam miteinander vermischen. Wenn Sie den Teig mit den Händen vermengen, so können Sie dabei auch Einweghandschuhe überziehen.

Sobald der Teig glatt ist, auf die Arbeitsfläche geben und mit den Handballen kräftig abkneten, bis der Teig geschmeidig ist und Blasen wirft. Dabei kann der Teig auch mehrmals zu einem Strang geformt und auf die Arbeitsfläche geschlagen werden. Dann immer wieder zusammenmengen. (Der Teig kann auch in der Rührschüssel mit dem Knethaken zubereitet werden, sollte aber am Ende ebenfalls noch kurz mit den Händen durchgeknetet werden. Klebt der Teig dabei auf der Arbeitsfläche, so arbeiten Sie noch zusätzlich etwas Mehl ein.)

Teig zu einer Kugel schleifen (formen, mit Öl bestreichen). Teig ebenfalls mit Öl bestreichen und auf einen Teller legen. Mit Frischhaltefolie abdecken und ca. 30 Minuten bei Raumtemperatur rasten lassen, damit sich der Teig anschließend gut ausziehen lässt. (Noch besser kann der Teig rasten, wenn Sie eine Schüssel mit heißem Wasser ausspülen, abtrocknen und den Teig damit abdecken. Spülen Sie die Schüssel im weiteren Verlauf noch 1-2 Mal heiß aus).

Dann ein Strudeltuch (großes Baumwolltuch) gut mit Mehl bestreuen, Teig auflegen und mit Mehl bestauben. Mit einem Rollholz gleichmäßig der Länge und der Breite nach dünn ausrollen.

Mit den Händen (Handrücken nach oben) unter den Strudelteig greifen, Teig aufnehmen (hochheben) und mit dem Handrücken behutsam auseinanderziehen. Auf das bemehlte Tuch zurücklegen und von der Mitte nach außen zur Tischkante hin fertig ausziehen. Der Strudelteig sollte so dünn ausgezogen werden, dass er durchscheinend ist.

Dicke Ränder des ausgezogenen Strudelteigs wegschneiden.

Füllen des Strudelteigs:

Dafür das obere Teigdrittel je nach Fülle mit Bröseln bestreuen, die ganze Teigfläche mit nicht heißer, zerlassener Butter beträufeln und die Fülle im oberen Drittel auftragen. Die Ränder seitlich ein wenig über die Fülle schlagen.

Das Tuch mit beiden Händen anheben und die obere Teigkante über die Fülle schlagen. Tuch immer höher anheben und straff gespannt halten, bis sich der Strudel eingerollt hat und auf der „Naht" (Verschlussstelle) zu liegen kommt. Enden gut verschließen.

Je nach Strudelart den fertig gerollten Strudel mit dem Teigende nach unten und mit Hilfe des straff gespannten Tuches behutsam auf ein vorbereitetes Blech, eine Backform oder Pfanne rollen.

Zutaten Füllung Strudelteig:

1,5 kg Äpfel (Elstar oder Kronprinz Rudolf)
1 Zitrone (Saft)
60 g Rosinen (in Rum eingelegt)!!!
200 g Butter (flüssig)
100 g Kristallzucker
2 EL Vanillezucker
100 g Semmelbrösel
Prise Zimtpulver
Butter (zum Bestreichen)
Staubzucker (zum Beträufeln)
1 Ei (zum Bestreichen)

Für den Apfelstrudel den Strudelteig wie beschrieben vorbereiten und ausziehen.
Äpfel schälen, entkernen und in hauchdünne Scheiben schneiden. Mit Zitronensaft beträufeln. In einer Schüssel mit Rosinen und 2 EL (!) Zucker sowie 1 EL (!) Vanillezucker vermischen.

Den ausgezogenen Strudelteig mit der Hälfte der zerlassenen Butter bestreichen, in der restlichen Butter die Brösel anrösten. Butterbrösel, restlichen Zucker sowie Vanillezucker und Zimt vermischen und Strudel damit bestreuen.

Die Apfelmischung gleichmäßig darauf verteilen und den Strudel mit Hilfe des Tuches einrollen. Enden gut verschließen. Strudel mit der Teignaht nach unten auf ein gefettetes Backblech gleiten lassen. (Falls das Blech zu klein ist, Strudel hufeisenförmig auflegen.)

Mit versprudeltem Ei bestreichen und im vorgeheizten Backrohr bei 180°C etwa 30-40 Minuten backen, dabei gelegentlich mit zerlassener Butter bestreichen.

Den Apfelstrudel leicht abkühlen lassen und mit Staubzucker bestreuen.

Als warmes Hauptgericht oder kalt servieren.

Dr. Webers Haus

Die hohen Julitage, in denen die Sonne manchmal den Weg in die Wohnung im Erdgeschoss des alten Wohnhauses fand, waren Vergangenheit.

Mit dem Sommer hatte sich Annas Leben in einen Zustand der Verzweiflung verwandelt, in dem sie nun wie in einem Strudel heftig nach einem Ast suchte, um sich daraus zu befreien.

Die Septembersonne malte Muster auf die Wand gegenüber. Sie saß am Küchentisch, um die Kronenzeitung, dieses urwüchsige, typische Wiener Blatt, zu lesen, auf der Suche nach den Stellenanzeigen.

Das Ziel war klar, vorwärts, weg sollte es gehen, nur wie, das war noch unbestimmt. Weg von dieser überaus moralischen Familie, in denen uneheliche Kinder, Abtreibungen, Ehebrüche und andere Kleinigkeiten an der Tagesordnung waren, die ihr vorgehalten wurden, als wäre sie jahrelang heimlich auf den Strich gegangen oder hätte zumindest drei uneheliche Kinder im Schlepptau.

Ihre Not, ihr Unglück über diese gescheiterte Ehe, ihren tiefsten Verlust, der Tod ihres

Freundes – sie lag bereits am Boden und nur Menschen schlagen nach, wo jedes Tier sich bereits wendet.

Der Vater hatte nur einmal gesagt: „So lasst sie doch in Ruhe". Worauf der Zorn der Mutter sich auch über ihn ergoss und er beschloss, zu schweigen. Sie hätte in seine Arme flüchten wollen, die er jetzt vor der Brust verschränkt hielt wie eine fest verschlossene Tür.

Arztfrau aus der Schweiz
sucht österreichisches Kindermädchen

Die Anzeige war klein, nur eine Telefonnummer.

In der Telefonzelle war es heiß und die Luft roch nach Staub. Anna wählte die Nummer und die freundliche Stimme am anderen Ende hieß sie am Nachmittag, so gegen fünf, zur Vorstellung zu kommen.

Sie zog ihr bestes Kleid an, heller Taft, dunkelblaue Handschuhe und ein kleines Hütchen.

Sie stand in der Straßenbahn, um ihr Kleid nicht zu zerknittern und besah sich die prachtvollen Häuser, während sie am Ring entlang in die innere Stadt fuhr.

Die Familie wohnte im 1. Bezirk, dem Prachtviertel Wiens, in dem altes Geld seine Wohnungen hat und das Cottage auf dem Land.

Sie war so furchtbar aufgeregt, ihre Hände zitterten, als sie auf den messingfarbenen Klingelknopf drückte. Das Haus hatte ihr bereits Respekt eingeflößt, eines jener vornehmen Häuser, im neoklassizistischen Stil erbaut. Sie ging durch das großzügige Treppenhaus wie durch eine Kirche. Die Tür bestand aus einer weiten Verglasung, in die Blumenranken geätzt waren.

Es gab einen Aufzug mit Korb, sie hatte sich nicht getraut ihn zu benutzen.

Die Tür wurde schwungvoll von einer resoluten, stabilen Dame in einem blauen Kleid geöffnet. Wie sich später herausstellte, trug Frau Doktor senior immer nur blau, da es zu ihrem weißen Haar und ihren blauen, schalkhaften Augen perfekt harmonierte, und eine dicke weiß-rosa Kette von Süßwasserperlen.

Sie führte Anna sogleich in die Küche, durch einen langen Flur, von dem diverse Zimmer abgingen. Anna erhaschte kaum einen Blick darauf. Alte Möbel, blitzende Kronleuchter, schwere Vorhänge vor hohen Fenstern.

In der Küche herrschte ein unbeschreibliches Chaos, ein riesiger Raum, Regale mit schönem, altem Porzellan, die Fensterbänke voller Vasen, die Spüle quoll über von ungewaschenem Geschirr und Töpfen, auf dem Tisch noch die Reste der Mahlzeiten von diesem Tag oder vorangegangenen.

Dazwischen ein blondes Mädchen von etwa drei Jahren, Trixli genannt, das neugierig den Ankömmling betrachtete. In einer fahrbaren Wiege schlief Susi, etwa neun Monate alt, friedlich ihren Spätnachmittagsschlaf.

Anna wurde von Frau Doktor Weber – der Titel geht in Wien bei Heirat automatisch auf die Ehefrau über –, einer großen, sehr stattlichen Frau mit braunen, sorgfältig frisierten Locken, freundlich begrüßt. Die Hand, die sie ihr reichte, war breit und warm, sie fühlte die Ringe an den Fingern bei diesem ersten Händedruck.

Sie hatte einen eigenwilligen Stil sich zu kleiden. Weite, lange Röcke, tief ausgeschnittene, eng anliegende Oberteile, schmale Taille, gern durch Gürtel betont und lange Schals oder eine Stola, die zwar immer im Weg, jedoch überaus dekorativ war und von manchen Unebenheiten der Figur aufs Trefflichste abzulenken verstand.

Sie hatte die Haltung einer Königin und im Befehle geben war sie ebenso gut, jedoch gerecht und von einer gutmütigen Freundlichkeit und Großzügigkeit, die man oft bei Menschen findet, die sich über ihr materielles Auskommen nie Gedanken zu machen brauchten.

Die Küche atmete den Geist von Gastfreundschaft, Geselligkeit, gutem Essen und einem entspannten Lebensstil, der einen Museums- oder Opernbesuch, einen Gang ins Kaffeehaus, den profanen Anforderungen eines Haushalts vorzieht

Man war sich auf den ersten Blick sympathisch. Frau Dr. Weber sah wohl, wie willfährig dieses junge, verzweifelte Ding war. Anna sprach ihre Situation offen an und der Bruder, ein renommierter Anwalt, wurde sogleich herbeitelefoniert.

„Geh Fräulein, machen's Ihnen keine Sorgen, das ist doch eine Kleinigkeit."

Anna fühlte sich, als würde sich eine Wundertüte aus Menschlichkeit und Hilfsbereitschaft über ihrem Haupt entleeren und sie war sofort zu jeder Gegenleistung bereit.

Bereits nach dem kurzen Kennenlernen und dem Austausch der für Anna peinlichen, deprimierenden Fakten, die vor der Freundlichkeit dieses Haushalts zu Nichtigkeiten verblassten, trug man ihr die erste Aufgabe auf. Die Damen hatten vor, in die Oper zu gehen und sie baten sie, auf die beiden Mädchen aufzupassen, falls sie nichts anderes vorhätte.

Was sollte sie vorhaben? Sie war in ihrem Vorhaben angekommen – weg, weg aus Wien, weg von ihrer Vergangenheit, weg aus den Vorwürfen, der Ausweglosigkeit, der Scham. Und so willigte sie ein.

Man beschrieb ihr kurz die Modalitäten, welches Mädchen was, wann, essen, schlafen und so weiter solle und zog sich zurück, um sich für den Abend vorzubereiten.

Anna wurde in die Vorbereitungen auf den Abend mit einbezogen, Trixli bereits auf dem Arm, sah sie den beiden beim Aussuchen der Kleider und des Schmucks zu.

Im Salon, der dunkelgrün gestrichene Wände hatte, befanden sich Biedermeiermöbel, zierliche Tische, kleine Lämpchen brannten, ein Tisch voller Karaffen und Gläser, die im Licht funkelten, Kissen überall, schwere, goldfarbene Vorhänge.

Die Kleider, die nicht für diesen Abend erwählt worden waren, lagen achtlos über den Lehnen, leere Hüllen ohne den atmenden Körper darin, offene Schmuckschatullen, aus denen die Damen verschiedene Stücke anprobierten.

Frau Dr. Weber hatte mit ihrer Heirat und Mutterschaft nicht das Bedürfnis abgelegt, sich zu präsentieren und ihre Weiblichkeit zur Schau zu stellen.

Für ihre Mutter war es selbstverständlich, sich durch eine ausführliche Toilette in die Feststimmung zu versetzen, die ein Opernbesuch mit sich bringt. Frau Doktor senior wählte ein nachtblaues langes Kleid, ihre weißen Haare zierten eine Spange, die mit Smaragden besetzt war.

Frau Dr. Weber hatte sich für ein schwarzes Kleid mit weitem Carmenausschnitt entschieden, seit ihrer Jugend plagte sie sich mit Unreinheiten an den Schultern, für die es keine Kur gab, jedoch ein französisches Puder zum Abdecken, welches sie Anna nun bat, ihr aufzulegen.

Die Luft war erfüllt von den schweren Parfüms der Damen, dem Puderduft, der Duft nach Vorfreude und dem süßen Duft eines kleinen Kindes, das sich zwischen die Frauen schmiegte.

Nach dem Aufbruch dieser nun dramatisch wirkenden Frauen blieb Anna allein mit den Kindern zurück, die sich ohne Schwierigkeiten versorgen und zu Bett bringen ließen, sie waren an die Betreuung durch Personal gewöhnt und Annas ruhige, liebevolle Art beruhigte sie zudem.

Die Kinder waren im Bett und Anna sah sich um.

Eine elegante Umgebung, die nun Ruhe ausstrahlte, die besänftigende Ruhe materiellen Wohlstands und des Luxus der Bildung. Bücherstapel fanden sich neben jedem Sessel, auf jedem Tisch, und für Anna waren Bücher die Eintrittskarte in die Welt des Geistes, in dem die Phantasie jedwede Realität erschaffen kann und sie empfand das Schicksal der Helden in den kleinen Romanen, die sie lesen konnte, wirklicher als ihre Welt.

Das Chaos in der Küche empfand sie als zu störend in dieser distinguierten Umgebung und zudem dachte sie, sie könnte sich doch nicht einfach hinsetzen. Der Abend verging schnell mit dem Abwasch, dem Aufräumen, dem Instandsetzen dieser gastlichen Küche und sie wurde durch die Rückkehr der Damen fast überrascht.

„Ja, was hast denn du gemacht?"

Die beiden konnten es nicht fassen, ein aufgeräumtes, ruhiges Zuhause vorzufinden, ohne Befehle erteilen zu müssen.

Annas Weg in die neue Welt war an diesem Abend beschlossene Sache.

Auf der Heimfahrt mit der Straßenbahn setzte sich die Hoffnung zu ihr und sie wünschte sich, dass sie sie noch lange an ihrer Seite finden würde.

Der Rechtsanwalt regelte Annas Formalitäten und nicht lange danach, es war Oktober geworden, wurde sie von ihrem Vater zum Westbahnhof gebracht. Mit einem Koffer, sonst nichts, kühl verabschiedet, trat sie eine Reise ohne Wiederkehr an.

Als sich die Türen des Zuges geräuschvoll schlossen wusste sie, dass es keinen Weg zurück gab, schließlich hatte sie durch ihre Scheidung Schande über die Familie gebracht. Der Vater winkte nicht einmal, im Grunde waren alle froh, dass sie weg war.

Bahnhöfe wurden dennoch später ihre Sehnsuchtsstationen, an denen sie ihr Heimweh nach einer Sehnsucht in endlosen Tränenströmen den Zügen nach Wien folgen lassen konnte.

Doch das war viel später.

Im Moment befand sie sich in Gesellschaft von anderen Reisenden, die ebenso wie sie auf Arbeitssuche in die Schweiz unterwegs waren.

Sie Glückliche hatte jedoch schon eine Stelle und hoffte, wusste, sie würde am Bahnhof abgeholt werden.

Zuvor musste jedoch die Grenze zwischen Österreich und der Schweiz passiert werden, was für diejenigen Frauen, die dort bleiben wollten, bedeutete, sich einer gynäkologischen Untersuchung unterziehen zu müssen, damit keine Geschlechtskrankheiten in die saubere Schweiz eingeführt werden sollten.

Die Frauen wurden aus dem Zug beordert, in eine kalte Zollstation. Alle in einem Raum, der Reihe nach vorgeführt wie Schlachtvieh. Anna war vor Angst und Scham so erschüttert, dass sie die Untersuchung, sie war ja noch Jungfrau, in Eisesstarre über sich ergehen ließ.

Über Details hat sie nie gesprochen.

Die anderen Frauen erwiesen sich als Glücksfall und bemutterten sie, sie sahen wohl, was für ein Trauma hier soeben angerichtet worden war, obwohl dieses Wort selbst unbekannt in dieser Gesellschaftsschicht war. Sie gaben ihr Schokolade, etwas Warmes zu trinken und erzählten ihr lustige Geschichten.

„Geh, Maderl, ned reehr'n. Des nutzt nix."

Wohin soll man flüchten, wenn man in seiner eigenen Haut verzweifelt?

Endlich kam Zürich in Sicht, Annas Ziel.

Und da waren sie: Frau Dr. Weber, Trixli, Susi und Herr Dr. Weber, ein großer, schöner Mann, dunkelhaarig, mit lustigen Augen.

Trixli hielt einen Blumenstrauß im Arm und Anna weinte, weinte, weinte – vor Glück.

Die Jahre in diesem turbulenten Haushalt hat Anna sehr oft als mit die schönsten ihres Lebens beschrieben. Sie durfte etwas lernen, indem sie in der Praxis bei Dr. Weber mithalf, sie durfte zeigen, was sie konnte, gut kochen, einen Haushalt führen und sie wurde geachtet, von den Kindern sogar geliebt.

Zu dieser Zeit gab es noch keine Vorschriften für Sozialräume, Unterkünfte etc., das Dienstmädchen hatte irgendwo eine Schlafmöglichkeit und ansonsten war es sowieso immer im Einsatz.

Anna hatte ihren Schlafplatz zu Beginn in der Praxis, auf der Liege, auf der am folgenden Tag wieder Patienten behandelt wurden. Ihr schmaler Schrank stand im Wartezimmer und wenn sie am Tage etwas brauchte oder Wäsche einsortierte, so geschah das nicht selten vor den Augen der wartenden Patienten.

Ihre Hauptaufgabe war der Haushalt, zusammen mit der Versorgung der Kinder.

Dr. Webers waren Gourmets und genossen sichtlich das gute Essen, das Anna dreimal täglich auf den Tisch brachte.

Die Kinder gediehen prächtig unter ihrer Fürsorge, Frau Dr. Weber konnte beruhigt in der Praxis mithelfen beziehungsweise ihren Mann dort überwachen, denn sie war notorisch eifersüchtig.

Vielleicht hatte sie auch Gründe, so genau wusste man das nicht. Eine Patientin kam doch recht häufig. Fachärzte gab es noch nicht viele und Herr Dr. Weber übernahm auch das Feld der Gynäkologie. In diesem besonderen Fall mit dem Hinweis an Anna – Frau Dr. Weber war bei diesen Besuchen nie anwesend –, er möchte nicht gestört werden.

Herr Dr. Weber erkannte Annas praktisches Talent und ihre Natürlichkeit im Umgang mit Menschen, sodass er sie zur Mithilfe in der Praxis animierte und sie quasi eine Lehre bei ihm machte. Ohne Abschluss natürlich, dann wäre ihre Arbeit auch wieder teurer gewesen.

So pendelte sie unermüdlich zwischen Küche, Kindern, Praxis und lernte zudem noch den ausgefallenen Speisegeschmack der Familie zu bedienen.

In der Spargelzeit gönnten sich Frau Dr. Weber und Gatte täglich eine gute Portion davon mit Butter oder Sauce hollandaise, ein Gericht, dass Anna völlig unbekannt war.

Die Kinder liebten Annas Kaiserschmarren, die Erwachsenen ihre Marillenknödel, Sachertorte, Schnitzel, Faschiertes. Alle Spezialitäten der wunderbaren österreichischen Küche hielten Einzug in diesen gastlichen Haushalt, in dem es sehr häufig auch eine große Anzahl Gäste zu bewirten galt.

Wenn Anna davon erzählte, so sagte sie immer: „Wie habe ich das nur geschafft?"

Sie hat wohl ihre Arbeit sehr gut gemacht. Die Delikatessen des Weberschen Hauses sprachen sich herum und auch die hübsche Köchin wurde Thema.

Ein besonderes Thema für einen Freund des Hauses: ein Schweizer Bankier, noch unverheiratet, kinderlos wie seine spindeldürren Schwestern, die er im Schlepptau hatte.

Sein Name war Urs Ulmschneider und nach eingehender Betrachtung des Importgutes aus Österreich und deren besonderer Fähigkeiten entschloss er sich zur Brautwerbung.

In diesem Fall war es jedoch nicht die Dienstherrin, die ihr das Glück nicht gönnte, sondern Anna selbst.

Ihr feines Gespür für Menschen ließen sie ahnen, dass sie in dieser Gesellschaft nicht glücklich werden würde. Der goldene Käfig reizte sie nicht, sei er auch noch mit Diamanten besetzt. Im Grunde ihres Herzens blieb sie ihr Leben lang eine Abenteurerin und dazu musste der passende Abenteurer gefunden werden, nicht ein Mann wie eine Schweizer Uhr. Kühl, präzise, sein Geld wert, aber doch etwas schwer am Handgelenk.

Der Abenteurer ihres Lebens wohnte im Nachbarhaus.

Ein sehr schmaler blonder Mann, der zusammen mit seinem Freund, einem Hallodri erster Güte, aus Berlin kommend, dort seine Bleibe hatte.

Das Küchenfenster von Dr. Webers Haus lag schräg gegenüber. Und wie das so geht, man sieht sich, man winkt sich, der schmale Blonde zeigte seine Pfanne (die einzige, die er besaß) zum Fenster hinaus, um ihr seine Kochversuche zu demonstrieren, die eher dürftig ausfielen.

Bei Anna erwachte sofort ihr mütterlicher Instinkt und als sie sich das erste Mal trafen, brachte sie ihm natürlich eine Kleinigkeit zu essen mit.

Beide waren allein in einem fremden Land, jeder nur mit einem Koffer ausgestattet, jedoch Abenteurer mit besonderen Fähigkeiten. Joachim mit Intellekt, Wissen, Kreativität. Anna mit praktischem Sinn für die materiellen Dinge des Lebens.

Wenn sie abends zusammen durch den Park gingen, Anna besonders gern an Nebeltagen, schnupperte er an ihrem Haar, was für Genüsse sie wieder gezaubert hatte.

Sie kaufte sich nach langem Sparen einen Mantel mit einem hohen, weichen Kragen. Darunter konnte er seine Hände wärmen auf ihren langen Gängen.

Wo sollten sie hin? Das Kaffeehaus war teuer, eine Bleibe hatten sie nicht, was also?

Sie beschlossen, zu heiraten. Die einzige Möglichkeit, um zusammen zu sein.

Der Trauzeuge wurde der Freund, der Anna zuerst gerne für sich gehabt hätte. Doch wie gesagt, sie hatte Zeit ihres Lebens einen feinen Sinn für Menschen und entschied sich für den ehrlichen, geradlinigen, wenn auch nicht einfachen Joachim.

Anna heiratete in einem grauen Kostüm mit roten Schuhen. Der passende Hut blieb zu Hause, denn dann hätte Joachim zur gewagten Fliege gegriffen, so waren schon vor dem Ja-Wort die Fronten geklärt.

Dr. Webers Haus spendierte den Hochzeitsabend, im Auto der Familie fuhr man zu einer Aufführung von *Holiday on Ice* in Zürich.

Die Hochzeitsnacht im kühlen Oktober verbrachte das Paar in Joachims Zimmer, welches nur mit einer Heizschlange, die quer durchs Zimmer lief, gewärmt werden konnte. Er hatte eine Duftkerze zur romantischen Beleuchtung besorgt und am Morgen kochte er eine *Ovomaltine* für sie beide.

Das Abenteuer ihrer Ehe, die 52 Jahre bis zu Annas Tod währen sollte, hatte eben begonnen.

Rezept:
Kaiserschmarren

Zutaten:

6 Eidotter
50 g Zucker
1/4 l Milch
200 g Mehl (glatt)
6 Eiklar
1 Messerspitze Salz
Butter (zum Ausbacken)
40 g Rosinen
Staubzucker (zum Bestreuen)

Für den Zwetschkenröster:

1 kg Zwetschken
1 Stange Zimt
etliche Gewürznelken
200 g Zucker
Zitrone (Saft und Schale, ungespritzt)
150 ml Wasser

Zubereitung:

Zuerst den Zwetschkenröster vorbereiten. Dazu die Zwetschken gut waschen, halbie-

ren und Kerne herauslösen. Zimtstange und Gewürznelken in ein Leinensäckchen oder einen Teebeutel geben, zubinden und gemeinsam mit Zucker, Zitronensaft und Zitronenschale in Wasser aufkochen. Die Zwetschken einmengen und so lange kochen, bis sie nach etwa 25 bis 35 Minuten weich sind. Gewürzsäckchen entfernen und den Zwetschkenröster kalt stellen.

Nun die Dotter gründlich mit Zucker, Milch und Mehl verrühren. Eiklar mit einer Prise Salz zu festem Schnee ausschlagen und behutsam unter die Dottermasse heben. In einer sehr großen Pfanne (oder mehreren kleineren) Butter zum Schmelzen bringen, die Eiermasse eingießen und Rosinen darüber streuen. Auf einer Seite etliche Minuten anbacken, wenden und die noch nicht völlig gestockte Masse mit zwei Gabeln in Stücke reißen.
Den Schmarren gerade so lange fertig backen (am besten in einer gebutterten Form im vorgeheizten Backrohr), bis die Masse stockt.
Mit Staubzucker bestreuen und mit dem Zwetschkenröster servieren.

Zum Schluss

Meine Mutter Anna war eine besondere Frau, ohne sie wäre ich nicht die, die ich heute bin.

Ich möchte es an einem Beispiel erzählen:

Meine Eltern hatten gemeinsam eine Firma, die sie zusammen aufgebaut hatten und in der sie beide arbeiteten. Mein Vater, ein Erfinder, der sehr in seinem Kopf lebt, hatte in ihr die geballte Sinnlichkeit an seiner Seite. Wenn er abends nach Hause kam, fand er dort eine andere Frau vor, als die, die bis zum Nachmittag noch mit ihm gearbeitet hatte.

Sie hatte sich schön gemacht für ihn. Gerne trug sie lange Röcke, die sie selbst schneiderte, ihr dunkles Haar offen und dazu durchsichtige Blusen.

Noch heute höre ich das leise Klirren ihrer Ketten und rieche den Duft ihres Haares, wenn sie mich zu Bett brachte.

„Weißt du, Kind, man muss sich für die wichtigsten Menschen schön machen, und das sind die, die zu Hause sind."

Dieser Satz hat sich mir tief eingeprägt.

Ihre natürliche Eleganz, ihr Charme, ihre Art, jeden willkommen zu heißen, machten unser Heim zu einem warmen, gastfreundlichen Ort.

Sie verstand es, aus jedem Tag etwas Besonderes zu machen – natürlich auch durch ihre Kochkunst, an der sie selbst zeitlebens große Freude hatte.

Diese Freude gab sie weiter an ihre Enkelin, die ihren Namen trägt – Anna, und sie kann einen original österreichischen Apfelstrudel backen!

Meine Mutter erzählte gerne aus ihrem Leben und diese Geschichten erzählte sie mir ausführlich. Und ich bin froh, dass ich mir damals Notizen gemacht habe, um sie jetzt niederzuschreiben, denn seit Juni 2011 kann ich sie nicht mehr fragen.

Anhang: Rezeptverzeichnis

Die Rezepte habe ich den handschriftlichen
Aufzeichnungen meiner Mutter entnommen.

Zeitfracht Medien GmbH
Ferdinand-Jühlke-Straße 7
99095 Erfurt, Deutschland
produktsicherheit@kolibri360.de